소중한 ＿＿＿＿＿＿＿＿＿＿＿＿＿＿＿＿ 에게

＿＿＿＿＿＿＿＿＿＿＿＿ 가(이) 선물합니다.

＿＿＿＿＿＿＿＿＿＿＿

행복한 왕자

오스카 와일드 글

아일랜드의 시인이자 소설가이며 극작가입니다. 더블린의 트리니티 칼리지와 옥스퍼드
대학에서 공부했습니다. 19세기 영국의 대표 작가인 그는 현실 풍자 희곡을 쓴 것으로 유명합니다.
1888년에 동화집인 「행복한 왕자」를 펴냈는데, 이 작품은 자신의 자녀에게 들려주기 위해 쓴 작품입니다.
대표작으로는 동화 「행복한 왕자」, 장편 소설 「도리언 그레이의 초상」, 희곡 「살로메」 등이 있습니다.

강용규 엮음

1983년 월간 「소년」에 동화가 추천 완료되어 문단에 나왔습니다. 「새벗」과 계몽사에서
어린이들을 위한 책을 만들었고, 한국아동문학회 출판 간사와 한국유아교육연구소 사무처장
등을 지냈습니다. 그동안 펴낸책으로는 동화집 「새 자전거」, 위인전 「워싱턴」, 「디킨스」,
논문 「유치원 교육 과정에 제시된 동화의 내용 분석」 등이 있습니다.

2023년 4월 25일 2판 5쇄 **펴냄**
2014년 2월 25일 2판 1쇄 **펴냄**
2004년 11월 1일 1판 1쇄 **펴냄**

펴낸곳 (주)효리원
펴낸이 윤종근
지은이 오스카 와일드
엮은이 강용규 **그린이** 류영자 · 허유리
등록 1990년 12월 20일 · **번호** 2-1108
우편 번호 03147
주소 서울시 종로구 삼일대로 457, 406호
전화 02)3675-5222 · **팩스** 02)765-5222

ⓒ 2004 · 2014, (주)효리원

ISBN 978-89-281-0368-3 64840

이메일 hyoreewon@hyoreewon.com
홈페이지 www.hyoreewon.com

행복한 왕자

오스카 와일드 지음
강용규 엮음 / 류영자 · 허유리 그림

 효리원
hyoreewon.com

　초등학교 때 읽었던 「행복한 왕자」의 줄거리가 아직도 생생하게 떠오릅니다. 호롱불 심지를 돋우고 이불을 뒤집어쓴 채, 추위에 떨며 책을 읽었던 기억이 새롭습니다. 그때는 제비가 그저 왕자의 심부름만 해 주었다고 생각했습니다. 이집트로 가는 것을 포기하고 눈먼 왕자를 지켜 주려는 마음까지는 미처 알지 못했던 것입니다. 그러나 이번 기회에 원작을 다시 꼼꼼하게 읽고 엮으면서 제비의 숭고한 희생정신을 새삼스럽게 깨달았습니다. 행복한 왕자도 훌륭하지만 제비의 마음 씀씀이가 더 큰 감동을 불러일으킵니다.

　이렇듯 같은 책이라도 여러 번 읽거나, 나중에 다시 읽어 보면 새로운 느낌과 감동으로 다가오는 경우가 적지 않습니다.

　오스카 와일드는 영국의 유명한 작가로, 동화 「행복한 왕자」, 장편 소설 「도리언 그레이의 초상」, 희곡 「살로메」 등 많은 작품을 남겼습니다.

특히 동화는 자신의 두 자녀를 위해 썼습니다. 아이들에게 「자기밖에 모르던 거인」을 읽어 주던 오스카 와일드가 눈물을 흘렸습니다. 아들 시빌이 그 모습을 보고 "아빠, 왜 눈물을 흘리세요?" 하고 묻자, "정말 아름다운 것은 눈물이 나게 한단다."라고 대답했답니다.

오스카 와일드는 교훈을 직접 드러내어 독자에게 강요하지 않습니다. 착한 사람은 복을 받는다거나 남에게 친절을 베풀면 몇 배로 되돌아온다는 식으로 이야기하지 않고, 결론을 독자의 몫으로 남겨 두었습니다. 다시 말하면 독자 스스로가 작품을 통해 슬픔이나 기쁨 등의 감정을 느끼고, 거기에서 저마다 깨우침을 얻도록 한 것입니다. 「자기밖에 모르던 거인」이 그러하며, 「믿음직한 친구」와 「별 아기」도 마찬가지입니다.

「나이팅게일과 장미」·「젊은 왕」·「훌륭한 로켓 폭죽」은 그 내용을 온전하게 이해하기에, 어린이 여러분으로서는 얼마간 어려울 수도 있습니다. 그러나 많은 것을 담고 있는 작품이므로, 읽으면서 거기에 스며 있는 속뜻을 가늠한 다음 친구 · 부모님 · 선생님들과 함께 이야기를 나누어 보면 좋으리라고 생각합니다.

세상의 모든 사물을 직접 만나고, 보고, 느낄 수 있다면 더할 나위 없이 좋겠지만 경제 · 시간 · 공간 등의 제약으로 말미암아 그 한계가 있을 수밖에 없습니다. 다행스럽게도 우리는 직접 경험이 불가능할지라도, 책을 통해 그 견문을 넓힐 수 있습니다. 책을 읽다 보면 글 속의 장소나 시대를 통해 많은 것을 알게 됩니다. 이런 것을 간접 경험이라고 합니다.

우리는 간접 경험을 통해 풍부한 지식과 원만한 인격을 갖출 수 있습니다. 또 좋은 책을 읽으면 다른 사람에 대해 이해하는 마음을 기를 수 있고, 이웃을 사랑하는 것이 얼마나 중요한지도 깨달을 수 있습니다.

어린이 여러분, 좋은 책을 많이 읽어 아름다운 세상을 가꾸는 주인공이 되기를 바랍니다.

엮은이 강영규

| 차례 |

머리말 ··· 4

행복한 왕자 ··· 8

자기밖에 모르던 거인 ····································· 37

나이팅게일과 장미 ··· 51

믿음직한 친구 ··· 69

젊은 왕 ·· 101

별 아기 ·· 128

훌륭한 로켓 폭죽 ··· 166

논리 · 논술 Level UP! ····································· 191

행복한 왕자

도시가 한눈에 내려다보이는 언덕이 있었습니다. 언덕에는 원기둥이 우뚝 솟아 있었고, 그 위에 '행복한 왕자상'이 서 있습니다. 왕자상의 온몸에는 얇게 금을 입혔고, 두 눈은 사파이어로 만들어졌습니다. 그의 칼자루에는 눈부시게 빛나는 커다란 붉은색 루비가 박혀 있습니다.

행복한 왕자상을 보는 사람마다 입에 침이 마르도록 칭찬했습니다.

그 도시의 시 의원 가운데 한 사람이 이렇게 말했습니다.

"행복한 왕자상은 수탉 모양의 풍향계보다 훨씬 더 아름다워. 풍향계처럼 쓸모가 있어 보이지는 않지만……."

한 아주머니는 걸핏하면 떼쓰기 일쑤인 어린 아들을 바라 보며 말했습니다.

"행복한 왕자님을 좀 본받으렴. 행복한 왕자님은 너처럼 뭔가를 사 달라며 울지 않아."

어느 날 슬픔에 빠진 한 젊은이가 행복한 왕자상을 올려다보며 혼잣말을 했습니다.

"이 세상에 저렇게 행복해 보이는 사람이 있다는 것만 해도 다행이군."

밝은 주홍색 외투와 흰 턱받이를 두른 고아원 아이들이 성당에서 나오며, 왕자상을 우러러보면서 말했습니다.

"저 왕자님은 천사를 닮았어요."

수학 선생님이 아이들에게 물었습니다.

"천사를 닮았다고? 너희들은 천사를 한 번도 본 적이 없을 텐데……?"

아이들이 대답했습니다.

"꿈속에서 보았어요."

수학 선생님은 얼굴을 찌푸리며 언짢은 표정을 지었습니다. 그는 아이들의 꿈 이야기를 대단히 못마땅하게 생각하는 선생님이었습니다.

어느 날 밤, 작은 제비 한 마리가 날아가고 있었습니다. 다른 친구들은 벌써 6주 전에 따뜻한 나라 이집트를 향해 날아갔는데, 이 제비는 아름다운 갈대에 홀려 노느라 뒤처지게 된 것입니다.

제비는 이른 봄에 큰 노란 나방을 쫓아 강을 따라 날아 내려가다가 그 갈대를 만났습니다. 제비는 갈대의 날씬한 모습에 반해서 말을 걸었습니다.

"우리 친하게 지내도 될까요?"

그러자 갈대는 고개를 약간 숙여 인사했습니다. 제비는 그의 날개로 물을 스쳐 은빛 물결을 일으키면서 갈대 주위를 빙빙 돌았습니다. 갈대를 좋아한다는 몸짓이었습니다. 제비는 여름 내내 갈대 주위를 돌았습니다.

다른 제비들이 말했습니다.

"참말 어처구니없는 짓이로군. 갈대는 돈도 없는 데다가 친척들이 무척 많아 귀찮을 텐데 말이야."

친구들 말처럼 강가에는 갈대로 꽉 차 있었습니다.

얼마 뒤, 가을이 다가오자 다른 제비들은 모두 따뜻한 곳을 찾아 날아가 버렸습니다. 친구들이 다 떠나 버리자, 제비는 외로워졌고 갈대에게도 싫증이 나기 시작했습니다.

'갈대 아가씨는 너무 말이 없어. 어쩌면 바람둥이일지도 몰라. 언제나 바람하고만 노는 걸 보면…….'

제비의 생각대로 갈대는 바람이 불어올 때면 언제나, 누구보다도 우아하게 무릎을 굽혀 인사를 했습니다.

'갈대 아가씨가 여성스럽기는 해. 하지만 내가 여행을 좋아하니까 친구라면 마찬가지로 여행을 즐겨야 하는 거 아니야?'

이렇게 생각한 제비는 갈대에게 물었습니다.

"나와 함께 여행을 떠나시겠어요?"

그러나 갈대는 고개를 살래살래 저었습니다.

"갈대 아가씨는 그동안 나를 진심으로 좋아한 게 아니었군요. 난 이제 피라미드가 있는 곳으로 떠날 거예요. 안녕!"

제비는 갈대에게 마지막 인사를 하고 그곳을 떠났습니다. 제비는 하루 종일 날아, 밤이 되어서야 이 도시에 도착했습니다.

'오늘 밤은 어디에서 묵는담? 시내에 머무를 곳이 있었으면 좋으련만.'

그때 제비는 높은 원기둥 위에 서 있는 행복한 왕자를 보았습니다.

'옳지, 저기에서 묵어야겠군. 하룻밤 쉬어 가기에는 아주 훌륭한 장소야. 공기도 아주 맑고 상쾌해!'

제비는 행복한 왕자의 두 발 사이로 내려앉았습니다.

"우아, 멋진 황금 침실이 생겼는걸!"

제비는 주위를 둘러보며 혼잣말을 하고는 기쁜 마음으로 잠자리에 들 채비를 했습니다. 날개깃 속으로 막 머리를 넣으려는 순간, 큰 물방울 하나가 머리 위로 뚝 떨어졌습니다.

"참 이상한 일도 다 있군! 하늘에는 구름 한 점 없고 별들도 반짝반짝 빛나고 있는데 빗방울이 떨어지다니. 북유럽 날씨는 정말 이상하기도 하군. 참, 갈대 아가씨는 비를 좋아했지."

제비는 밤하늘을 쳐다보며 중얼거렸습니다. 그때 또다시 물방울 하나가 떨어졌습니다.

'비를 피할 수 없다면 아무리 황금 침실이라도 무슨 소용이 있담? 차라리 비를 피할 수 있는 처마 밑이 더 낫겠어.'

제비는 떠날 결심을 했습니다. 그러나 제비가 날개를 펴기도 전에 세 번째 물방울이 떨어졌습니다. 고개를 들어 올려다본 제비는 소스라치게 놀랐습니다. 행복한 왕자상의 두 눈에 가득 고인 눈물이 황금빛 양 볼을 따라 흘러내리고 있었습니다. 왕자의 얼굴은 달빛을 받아 너무도 아름다웠습니다. 순간 제비의 마음은 측은하다는 생각으로 가득 찼습니다.

"누구세요?"

“나는 행복한 왕자란다.”

“행복한 왕자라면서 왜 울고 계세요? 왕자님의 눈물로 제가 흠뻑 젖었잖아요.”

“살아 있을 적에, 그러니까 내가 인간의 심장을 갖고 있었을 때, 나는 눈물이라는 게 무엇인지 몰랐단다. 슬픔 같은 것은 구경조차 할 수 없는 편안한 궁전에서 살았으니까 말이야. 낮에는 궁전 정원에서 친구들과 놀고, 밤이면 커다란 홀에서 춤을 추었어.

정원은 아주 높은 성벽으로 둘러싸여 있었는데, 나는 그 너머에 무엇이 있는지 전혀 몰랐지. 물론 궁금해야 할 까닭이 없었으므로 물어볼 필요도 없었어. 내 주위에 있는 것은 모두 다 아름다운 것뿐이었단다. 신하들은 나를 ‘행복한 왕자님’이라고 불렀어. 정말로 행복했단다. 만약 그러한 것들이 행복이라면 말이야. 나는 그렇게 행복하게 살다가 죽었단다. 그러자 신하들이 나를 이렇게 높은 곳에 세워 놓았어. 그래서 나는 내가 살던 이 도시의 너저분하고 비참한 모습을 보게 되었단다. 비록 내 가슴이 납으로 되어 있지만 나는 울 수밖에 없어.”

‘아니, 그럼 왕자님의 몸이 순금 덩어리가 아니라는 거야?’

제비는 깜짝 놀랐지만 입 밖으로 소리 내어 말하지는 않았습

니다. 무척이나 예의가 바른 제비라서 남의 흠을 큰 소리로 말하는 법이 없었습니다.

왕자는 나직하고 아름다운 멜로디 같은 목소리로 계속 말했습니다.

"저 멀리, 저 멀리 좁다란 골목길에 가난한 집 한 채가 있단다. 창문이 열려 있는데 그 너머 식탁에 한 여인이 앉아 있구나. 저런, 야위고 지친 얼굴인데 손은 온통 상처투성이란다. 바늘에 찔려 피가 나고 거칠어졌기 때문이지.

그 여인은 재봉 일을 하는 사람이야. 지금은 여왕의 시녀 가운데 가장 아름다운 시녀가 무도회에 입고 갈 새 옷을 지을 옷감에 시계꽃 모양의 수를 놓고 있단다. 그런데 방 한쪽 구석의 침대에는 병에 걸린 아들이 누워 있어. 그 아이는 높은 열에 시달리고 있단다. 오렌지를 먹고 싶다며 보채고 있지만, 아이 어머니인 여인은 강에서 떠 온 물밖에는 아무것도 줄 게 없어. 아이가 계속 졸라 대는데……! 제비야, 제비야, 귀여운 제비야, 내 칼자루에서 루비를 뽑아 그 여인에게 갖다 주지 않으련? 내 발은 받침대에 꼭 붙어 있어서 꼼짝할 수가 없구나."

제비가 대답했습니다.

"이집트에 먼저 도착한 친구들이 날 기다리고 있을 거예요. 친구들은 나일강을 따라 이리저리로 날아다니며 활짝 핀 연꽃과도 이야기를 나누면서 즐거운 시간을 보내고 있을 거예요. 밤이 되면 친구들은 위대한 왕의 무덤에서 잠을 잘 거고요. 그 왕은 아름다운 색을 칠한 관 속에 누워 있지요. 왕은 노란 마포에 싸여 있는데, 좀처럼 썩지 않는 향료가 뿌려져 있어요. 미라가 된 왕의 목에는 연한 녹색의 비취 목걸이가 있지만, 양손은 마치 시든 나뭇잎 같답니다."

"제비야, 제비야, 귀여운 제비야, 하룻밤만 여기 머물면서 심부름을 해 줄 수 없겠니? 아이가 너무 힘들어 하고 있어. 아이 어머니 또한 얼마나 안타깝고 괴롭겠니?"

제비가 시큰둥한 표정으로 말했습니다.

"나는 아이들을 좋아하지 않아요. 지난여름, 강가에 머물고 있을 때였어요. 방앗간 집의 버릇없는 사내아이들이 나만 보면 항상 돌을 던졌어요. 물론 아무도 나를 맞히지는 못했지요. 우리들은 무척 잘 나니까 그런 돌에는 맞지 않아요. 게다가 우리 집안은 재빠르기로 이름났거든요. 어쨌든 나는 아이들의 그런 짓으로 말미암아 무척 기분이 나빴어요."

제비는 이렇게 이야기하면서도 행복한 왕자의 표정이 너무나 슬퍼 보여서 마음이 불편했습니다.

"여긴 몹시 추워요. 하지만 하룻밤만 왕자님과 함께 있으면서 심부름을 해 드리겠어요."

"고맙구나, 작은 제비야."

제비는 왕자의 칼자루에서 루비를 뽑아 물고 도시의 지붕 위로 날아갔습니다. 제비는 성당의 탑을 지나갔습니다. 흰 대리석으로 된 탑에는 천사들이 조각되어 있었습니다. 궁전을 지나면서 사람들이 춤을 추는 모습도 보았습니다. 아름다운 한 처녀가 남자 친구와 함께 테라스에 서 있었습니다.

남자가 입을 열었습니다.

"별들은 너무나 멋지고, 사랑의 힘 또한 비길 데 없이 정말 아름답소."

처녀가 말했습니다.

"내 드레스가 궁전 무도회가 열리기 전에 다 지어졌으면 좋겠어요. 나는 그 옷에 시계꽃 모양의 수를 놓아 달라고 부탁했어요. 하지만 재봉사들은 너무나 게으르지 뭐예요."

제비는 강을 지나면서 배들의 돛대에 매달려 있는 등불을 보았습니다. 유대인들이 사는 골목을 지날 때는 늙수그레한 유대인들이 물건 값을 흥정하는 것과 돈을 구리 저울로 달아서 나누는 모습을 보았습니다.

마침내 제비는 행복한 왕자가 말한 가난한 집에 도착해서 집 안을 들여다보았습니다.

아이는 높은 열 때문에 괴로운 듯 뒤척였습니다. 피곤에 지친 아이의 어머니는 잠들어 있었습니다.

제비는 집 안으로 재빠르게 날아 들어가 커다란 루비를 골무 옆에 떨어뜨렸습니다. 그러고는 아이가 자고 있는 침대 주위를 조용히 날면서 날개를 퍼덕여 부채질해 주었습니다.

"아, 시원해! 내 병이 이제 곧 나으려나 봐."

잠꼬대처럼 웅얼거리며 아이는 깊은 잠속으로 순식간에 빠져들었습니다.

제비는 행복한 왕자에게로 다시 날아가 자신이 한 일에 대해 이야기했습니다.

"신기하기도 하지요? 이렇게 추운 날씨인데도 내 몸은 지금 무척 훈훈한 느낌이 들어요."

"그것은 네가 착한 일을 했기 때문이란다."

작은 제비는 그 일을 곰곰이 생각해 보다가 잠이 들었습니다. 제비에게는 무엇인가 골똘히 생각하다 보면 곧 잠이 드는 버릇이 있었습니다.

날이 밝자 제비는 강으로 내려가 목욕을 했습니다.

다리를 건너던 조류 학자가 말했습니다.

"이 겨울에 제비라니! 거참, 이상한 일이로군."

'오늘 밤에는 꼭 이집트로 떠나야지.'

떠날 생각을 하니 제비는 기분이 좋아졌습니다. 제비는 유명하다는 기념관들을 여기저기 둘러보고 나서 교회의 뾰족탑 위에 한참 동안 앉아 있었습니다.

참새들이 재잘거렸습니다.

"와, 정말 멋지다! 무척이나 귀한 손님 같지 않니?"

제비는 엄청나게 흐뭇했습니다.

달이 떠오르자 제비는 행복한 왕자에게 돌아왔습니다. 그러고는 들뜬 목소리로 물었습니다.

"왕자님, 저는 이제 이집트로 떠날 거예요. 부탁할 일이 또 있나요?"

"제비야, 제비야, 귀여운 제비야, 하룻밤만 더 머무르지 않겠니?"

"안 돼요. 이집트에서 친구들이 기다리고 있어요. 내일이면 제 친구들은 두 번째 폭포까지 올라갈 거예요. 그곳에는 하마가 파피루스 풀 속에서 쉬고 있고, 커다란 화강암 왕좌에는 멤논(그리스 신화에 나오는 에티오피아의 왕)이 앉아 있어요. 그 왕은 밤새도록 별을 바라보다가 샛별이 빛나면 기쁨에 가득 차 소리를 한 번 지르고는 입을 다문답니다.

정오가 되면 황금빛 사자들이 물을 마시러 물가로 내려오지요. 사자들의 눈은 마치 파란 에메랄드 같고, 울부짖으면 폭포 소리보다 훨씬 더 커다랗답니다."

왕자가 다시 입을 열었습니다.

"제비야, 제비야, 귀여운 제비야, 도시를 가로질러 저 멀리 다락방에 한 젊은이가 산단다. 그는 종이가 흩어져 있는 책상

위에 엎드려 있고, 그 옆에 놓인 큰 컵에는 시들어 버린 제비
꽃 한 다발이 꽂혀 있단다. 고불고불한 갈색 머리에 입술은
석류처럼 빨갛고 커다란 두 눈망울에는 꿈이 깃들어 있단다.
극장 연출가에게 줄 희곡을 쓰기 위해 애쓰고 있지만, 너무
추워서 더 이상 글을 쓰지 못하고 있단다. 벽난로는 불이 꺼
진 지 오래되었고, 너무나 배가 고파서 쓰러져 버릴 것처럼
보이는구나."

마음씨 착한 제비가 대답했습니다.

"왕자님 곁에서 하룻밤만 더 머무르겠어요. 그 사람에게도
루비를 가져다주면 되나요?"

"안타깝게도 이제 루비는 없어. 남아 있는 것이라고는 나의
두 눈뿐이란다. 내 눈은 사파이어로 만들었는데, 1000년 전에
인도에서 가져온 것이란다. 두 개 가운데 하나를 뽑아서 그
사람에게 가져다주렴. 그러면 음식과 땔감을 마련할 수 있을
테니까, 희곡을 완성할 수 있을 거야."

그 말을 들은 제비가 소리쳤습니다.

"왕자님, 그렇게 할 수는 없어요!"

흐느껴 우는 제비에게, 왕자는 다시 한 번 부탁했습니다.

"제비야, 제비야, 사랑스러운 제비야, 부디 내가 말한 대로

해 주렴."

어쩔 수 없이 제비는 왕자의 눈 하나를 뽑아내어 그 젊은이의 다락방을 향해 날아갔습니다. 마침 창문이 열려 있어서 제비는 그리로 쏙 들어갔습니다.

젊은이는 얼굴을 양손에 묻고 있어서 제비의 날갯짓 소리를 듣지 못했습니다.

얼마 후 고개를 쳐든 청년은, 시든 제비꽃 위에 놓인 아름다운 사파이어를 보았습니다.

청년은 주먹을 불끈 쥐며 외쳤습니다.

"옳아! 이것은 누군가가 나를 인정한다는 뜻이야. 내가 좋은 글을 쓸 수 있을 거라고 믿는 사람이 보내 준 게 분명해. 이제 나는 희곡을 완성할 수 있어!"

다음 날 제비는 항구에 닻을 내리고 있는 큰 배의 돛대 위에 내려앉았습니다. 갑판에서 선원들이 밧줄로 상자들을 끌어 올리고 있었습니다. 선원들은 상자가 하나씩 올라올 때마다 소리쳤습니다.

"영치기, 영차, 어서 올려라. 어허이!"

제비가 덩달아 고함을 질렀습니다.

"나는 이집트로 갈 거예요!"

그러나 그 소리에 귀를 기울이는 사람은 아무도 없었습니다.

달이 떠오르자 제비는 행복한 왕자에게로 돌아왔습니다. 그러고는 왕자에게 말했습니다.

"왕자님께 작별 인사를 하려고 왔어요."

"제비야, 제비야, 사랑스러운 제비야, 딱 하룻밤만 더 나와 함께 있어 주지 않겠니?"

행복한 왕자가 부탁했습니다.

"왕자님, 이제 겨울이에요. 이곳에도 곧 차가운 눈이 내릴 거예요. 지금쯤 태양이 푸른 야자나무를 따뜻하게 비추는 이 집트에서 악어들은 진흙탕을 뒹굴며 나른한 듯 주위를 둘러보고 있을 거예요. 친구들은 신전에 둥지를 틀고, 분홍빛과 하얀 빛의 비둘기들은 제 친구들이 집 짓는 모습을 지켜보며 서로 정답게 노래하고 있을 거예요. 사랑스런 왕자님, 나는 왕자님 곁을 떠나야만 해요. 하지만 왕자님을 잊지 않겠어요. 그리고 내년 봄에는 왕자님이 사람들에게 준 보석보다 더 아름다운 보석 두 개를 갖다 드리겠어요. 빨간 장미보다 더 붉은 루비와 깊은 바다 빛깔보다 더 푸른 사파이어를 구해 올게요."

"저 아래 광장에 가면 어린 성냥팔이 소녀가 홀로 서 있단다. 그만, 성냥을 하수구에 빠뜨리는 바람에 모두 다 못 쓰게 되었단다. 만약 빈손으로 집에 돌아가면 아버지한테 매를 맞을 거야. 그래서 지금 울고 있단다. 소녀는 신발도 없고 양말도 신지 않았단다. 머리에는 모자도 쓰지 않았어. 내 나머지 눈을 뽑아서 소녀에게 가져다주렴. 그럼 아버지는 소녀를 때리지 않을 거야."

울상이 된 제비가 대답했습니다.

"왕자님 곁에 하룻밤 더 머물겠어요. 하지만 왕자님의 눈을 뽑을 수는 없어요. 그렇게 하면 왕자님은 더 이상 아무것도 볼 수 없게 될 테니까요."

"제비야, 제비야, 사랑스러운 제비야, 난 괜찮으니 어서 사파이어를 가져다주렴."

제비는 하는 수 없이, 왕자에게 하나밖에 남지 않은 사파이어 눈을 뽑아 물고 쏜살같이 날아갔습니다. 그러고는 성냥팔이 소녀 곁을 지나면서, 보석을 손바닥에 살짝 떨어뜨렸습니다. 어린 소녀는 기쁨에 가득 찬 얼굴로 집을 향해 달려갔습니다.

왕자에게로 돌아온 제비는 울먹이며 말했습니다.

"왕자님은 이제 아무것도 볼 수 없어요. 저는 지금부터 왕자님과 함께 있을 거예요."

"그러면 안 돼. 너는 이집트로 가야 해."

"저는 왕자님 곁에 계속 머물 거예요."

제비는 왕자의 두 발 사이에서 울먹이다 잠이 들었습니다.

다음 날, 제비는 하루 종일 왕자의 어깨 위에 앉아, 낯선 나라에서 보았던 신기한 것들에 대해 말해 주었습니다. 나일강가에 길게 줄을 지어 부리로 금붕어를 잡는 따오기며, 이 세상만큼이나 오랜 세월 동안 사막에 살면서 모든 것을 다 알고 있다는 스핑크스 이야기였습니다.

또 호박으로 만든 구슬들을 들고 낙타 옆에서 천천히 걷는 장사꾼들이며, 큰 수정을 우러르는 검은 달의 왕에 대한 이야기도 있었습니다. 그뿐만 아니라 야자나무 속에서 잠을 자고 벌꿀 과자를 먹여 주는 20명의 승려를 데리고 있다는 커다란 푸른 뱀과 커다랗고 넓적한 나뭇잎을 타고 큰 호수를 건너면서 항상 나비들과 싸움을 하는 난쟁이에 대해서도 들려주었습니다.

"사랑하는 제비야, 너는 내게 신기하고 놀라운 이야기를 해 주었어. 그렇지만 그 어떤 것보다도 놀라운 것은 모든 인간들의 고통이란다. 고통만큼 놀라운 것은 없어. 귀여운 제비야, 시내에서 네가 본 것을 나에게 말해 주렴."

제비는 도시 위를 날면서 부자들이 아름다운 자기 집 안에서 즐겁게 지내는 모습과 거지들이 그 집 문 앞에서 구걸하는 것을 보았습니다. 어둡고 좁은 길에서는 굶주린 아이들이 창백한 얼굴로 멍하니 거리를 내다보고 있었습니다. 다리 밑에서 두 소년이 추위를 견디려고 서로 끌어안고 있는 모습도 눈에 들어왔습니다.

소년들이 말했습니다.

"아, 배가 너무 고파!"

경비원이 소리쳤습니다.

"이 녀석들, 여기서 자면 안 돼!"

그러자 두 소년은 하는 수 없이 비를 맞으며 이곳저곳으로 돌아다녔습니다. 제비는 이런 광경들을 본 대로, 왕자에게 이야기해 주었습니다.

"나는 순금으로 덮여 있단다. 네가 그것을 떼어 내서 가난한 사람들에게 갖다 주도록 하렴. 사람들은 황금이 있으면 행복해질 수 있다고 생각한단다."

제비가 순금을 조각조각 떼어 내자 행복한 왕자의 몸은 볼품없는 회색빛으로 변해 갔습니다.

제비는 왕자의 몸에서 한 조각, 한 조각 떼어 낸 순금을 가난한 아이들에게 물어다 주었습니다.

그러자 어린아이들의 얼굴은 금세 장밋빛처럼 밝아졌습니다. 그들은 활짝 웃으면서 거리로 뛰쳐나갔습니다. 그러고는 큰 소리로 외쳤습니다.

"이제 우리도 빵을 살 수 있어!"

눈이 내렸습니다. 그러자 모든 것을 꽁꽁 얼리는 추위가 닥쳐왔습니다. 거리는 무척이나 밝게 빛나, 마치 은으로 만들어

진 것처럼 보였습니다.

수정으로 만든 단검 같은 고드름이 집집마다 처마 밑에 길게 달렸습니다. 사람들은 두툼한 털옷을 꺼내 입고, 어린 소년들은 주홍색 모자를 쓴 채 얼음 위에서 스케이트를 탔습니다.

작고 귀여운 제비는 추위를 견디기 힘들었지만 사랑하는 왕자를 남겨 두고 떠날 수는 없었습니다. 제비는 빵 가게 밖에서 주인이 보지 않을 때 빵 부스러기를 쪼아 먹기도 하고, 몸을 따뜻하게 하려고 날개를 퍼덕거려 보기도 했습니다. 그러나 제비는 자기가 곧 죽게 되리라는 것을 짐작하고 있었습니다.

마침내 제비는 겨우 왕자의 어깨 위로 날아오를 수 있는 힘밖에 남지 않았습니다.

"안녕히 계세요, 사랑하는 왕자님! 왕자님의 손에 입 맞출 수 있게 해 주세요."

제비가 힘없이 말하자, 왕자가 입을 열었습니다.

"너는 여기에 너무 오랫동안 머물렀어. 네가 이집트로 떠난다니 기쁘구나. 귀여운 제비야, 내 입술에 키스를 해 주렴. 난 너를 사랑하니까."

"제가 가는 곳은 이집트가 아니에요. 캄캄한 죽음의 집으로 가는 거예요. 죽음은 잠의 형제라고 하지요. 그렇게 생각하지 않으세요?"

제비는 행복한 왕자의 입술에 입을 맞추고는 그만 왕자의 발 아래로 떨어져 죽고 말았습니다.

그 순간, 행복한 왕자상에서 무엇인가 부서지는 듯 이상한 소리가 났습니다. 납으로 된 왕자의 심장이 그만 두 쪽으로 쪼 개지며 나는 소리였습니다. 무서울 정도로 모질게 추운 날이 었습니다.

다음 날 이른 아침, 시장과 시 의원들이 행복한 왕자상 밑을 지나고 있었습니다.

시장이 왕자상을 올려다보더니 깜짝 놀라 소리쳤습니다.

"저런! 행복한 왕자가 이 모양 이 꼴이라니!"

시 의원들이 맞장구를 쳤습니다.

"정말 초라하군요!"

그들은 왕자상을 자세히 살펴보기 위해 원기둥 위로 올라갔 습니다.

시장이 말했습니다.

"이런! 왕자의 칼에서 루비가 떨어져 나갔고, 사파이어 눈도 다 없어졌으며, 금박도 모두 벗겨졌어요. 이건 행복한 왕자가 아니라, 헐벗은 거지예요."

시 의원들도 합창을 하듯 말했습니다.

"정말 거지와 다름없군요."

시장이 말을 이었습니다.

"여기, 왕자의 두 발 사이에 새 한 마리가 죽어 있어요! 새들이 여기서 죽으면 안 된다는 표지판이라도 세워야겠군요."

그러자 서기가 시장의 말을 얼른 받아 적었습니다.

사람들은 행복한 왕자상을 땅으로 끌어 내렸습니다.

미술 대학 교수가 말했습니다.

"아름답지 않은 왕자상은 더 이상 세워 둘 필요가 없습니다."

그들은 왕자상을 용광로에 넣어 녹여 버렸습니다.

시장은 새로 어떤 상을 만들지 정하기 위해 얼른 시 의회를 열었습니다.

"물론 다른 상을 만들어야지요. 시장인 내 상을 만들려고 합니다."

시 의원들은 깜짝 놀라 서로의 얼굴을 쳐다보며 큰 소리로 외쳤습니다.

"시장상을 세운다고? 말도 안 돼!"

시 의원들은 서로 자신의 상을 세우겠다며 다투었습니다.

들리는 소문에 따르면, 그들은 아직도 여전히 짜그락거리며

싸우고 있답니다.

한편 주물 공장의 감독이 투덜거리며 말했습니다.

"참 이상한 일도 다 있군! 납으로 된 심장이 용광로 속에서도 녹지를 않으니 말이야. 에이, 그냥 버려야겠어."

감독은 제비가 버려진 쓰레기 더미 위에 납으로 된 심장을 내던졌습니다.

하느님이 한 천사에게 이르셨습니다.

"도시에서 가장 소중한 것 두 가지를 가져오너라."

천사는 하느님께 납으로 된 심장과 죽은 제비를 가져다 드렸습니다.

하느님께서 말씀하셨습니다.

"그대는 올바른 선택을 했도다. 이 작은 새는 천국의 동산에서 영원히 노래하게 하고, 행복한 왕자는 황금의 도시에서 날 찬양하게 할 것이다."

자기밖에 모르던 거인

오후가 되면, 학교에서 돌아온 아이들은 하루도 빠짐없이 거인의 정원에서 놀았습니다.

거인의 정원은 넓은 데다 부드러운 푸른 잔디가 있어 아름다웠습니다. 잔디 위에는 여기저기 별처럼 예쁜 꽃도 피어 있었습니다. 또 열두 그루의 복숭아나무가 자라고 있었습니다.

봄이면 분홍과 진줏빛 꽃들이 피고, 가을이면 과일이 주렁주렁 열렸습니다. 나뭇가지에 앉은 새들은 달콤한 소리로 노래를 불렀습니다. 아이들은 새들의 노랫소리가 들리면 너무나 아름다워서 놀이를 멈추곤 했습니다.

"이곳은 너무 좋아!"

아이들은 모두 행복했습니다.

어느 날 집주인인 거인이 돌아왔습니다. 콘월(영국 잉글랜드에 있는 주) 지방에 사는 친구를 만나러 갔다 온 것입니다. 거인은 7년 동안이나 그 친구 집에 머물러 있었습니다. 말주변도별로 없는데다 하고 싶은 말은 모두 다 했다는 생각에 집으로돌아오기로 한 것이었습니다.

오랜만에 돌아온 거인은 아이들이 자신의 집 정원에서 놀고있는 것을 보았습니다.

"이 녀석들, 여기서 뭐 하는 거야?"

아주 퉁명스런 거인의 목소리에 깜짝 놀란 아이들이 모두 달아났습니다.

'이 정원은 나 혼자만의 정원이야. 그러니까 나 말고는 아무도 이 정원에 들어와 놀 수 없어.'

거인은 정원 둘레를 빙 둘러 높은 담을 쌓고 경고문을 써 붙였습니다.

무단 침입자는 고발함!

거인은 다른 사람을 위할 줄 모르고 자기만 생각했습니다.

가엾게도 아이들이 놀 만한 곳이라고는 이제 아무 데도 없습니다. 길에서 놀려고 했지만, 먼지투성이인 데다 뾰족한 돌들이 널려 있습니다. 아이들은 그런 곳에서 놀려고 하지 않았습니다. 아이들은 학교에서 돌아오면, 거인의 집에 둘러쳐 있는 높은 담 주위를 뱅뱅 돌면서 담 안의 아름다운 정원에 대해 이야기하곤 했습니다.

"저 안에서 놀 때가 참 좋았는데……."

봄이 왔습니다. 온 나라에 예쁜 꽃들이 피어나고 사랑스럽고 작은 새들이 찾아들었습니다. 그러나 자기밖에 모르는 거인의 정원은 여전히 겨울이었습니다. 아이들이 없어서인지 새들은 거인의 정원에서 노래하지 않았고, 나무들도 꽃피우는 것을 잊고 있었습니다.

한번은 어떤 아름다운 꽃이 잔디밭에서 고개를 내밀었습니다. 경고문을 발견한 꽃들은 아이들이 퍽 안되었다는 생각을 하며 이내 땅속으로 들어가 다시 잠을 청했습니다. 눈과 서리만이 제 세상을 만난 듯 즐거워할 뿐이었습니다.

눈과 서리들이 소리쳤습니다.

"봄은 이 정원을 까맣게 잊었나 봐. 일 년 내내 우리들 차지가 되겠군."

눈은 자신의 거대한 하얀 옷으로 잔디를 덮어 버렸고, 서리는 모든 나무를 은빛으로 칠해 버렸습니다. 그러고는 함께 지낼 북풍까지 초대했습니다.

북풍이 왔습니다. 그는 털옷을 두르고 하루 종일 정원 주변에서 요란스레 윙윙거렸습니다. 굴뚝 꼭대기에 있는 관까지 떨어뜨리고 난 북풍이 말했습니다.

"여기는 정말 신나는 곳이군. 우박에게도 놀러 오라고 해야겠는걸."

잠시 뒤 우박이 왔습니다. 우박은 하루에 서너 시간씩 지붕 위를 두들겨 댔습니다. 지붕 위에 얹은 슬레이트가 부서지기도 했습니다. 그리고 나서도 성에 차지 않았는지 정신없이 정원을 훑고 다녔습니다. 회색 옷을 입은 우박의 숨결은 얼음처럼 차가웠습니다.

거인이 창문을 열고 정원을 내다보며 말했습니다.

"봄이 왜 이리 늦게 오는 건지 도대체 모르겠는걸. 이놈의 날씨는 왜 이 모양인지, 원."

그러나 거인의 정원에는 끝내 봄이 오지 않았고, 여름도 오지 않았습니다. 가을은 다른 모든 정원에는 황금빛 과일을 선물해 주었지만 거인의 정원에는 아무것도 주지 않았습니다.

가을이 말했습니다.

"이 집에 사는 거인은 자기밖에 모르는 사람이야."

그래서 거인의 정원은 항상 겨울이었습니다. 신이 난 북풍과 우박, 서리, 눈만이 나무들 사이로 활개를 치며 춤을 추었습니다.

어느 날 아침, 잠에서 깨어난 거인은 침대에 누워 있었습니다. 그런데 어디에선가 아름다운 음악 소리가 들렸습니다. 얼마나 아름다웠던지, 임금님의 악사들이 지나면서 연주하는 것이라고 착각할 정도였습니다. 그러나 그것은 작은 홍방울새가 창밖에 앉아 부르는 노래였습니다.

자신의 정원에서 새의 노랫소리를 들은 지 너무 오래된 거인에게는, 이 세상에서 가장 아름다운 음악으로 들렸습니다. 그에 맞추기나 하듯이, 춤추던 우박이 멈추고 쿵쾅거리며 뛰어다니던 북풍도 발걸음을 멈췄습니다.

열린 창문 사이로 은은한 향기가 날아들었습니다.

"드디어 봄이 왔나 보군!"

거인은 그렇게 말하며 침대에서 펄쩍 뛰어나와 밖을 내다보았습니다.

거인의 눈이 휘둥그레졌습니다. 정말 놀라운 모습을 보았기 때문이었습니다. 담에 난 조그마한 구멍으로 기어 들어온 아이들이 나무 위로 올라가고 있었습니다. 어린아이들이 올라가 앉자, 나무는 다시 만나서 반갑다는 듯이 꽃을 활짝 피우고 아이들의 머리 위로 나뭇가지를 흔들어 주었습니다.

새들도 이 나무 저 나무를 오가며 즐겁게 지저귀고 있었습니다. 꽃들은 푸른 잔디 위로 얼굴을 내밀었습니다. 빼어나게 아름다운 모습이 그려지고 있었습니다.

그러나 정원 한구석만은 여전히 겨울이었습니다. 정원의 맨 끝 후미진 구석, 작은 사내아이가 서 있는 곳이었습니다. 그 아이는 키가 너무 작아서 나뭇가지에 손이 닿지 않았습니다. 아이는 나무 주위를 비잉 빙 돌았습니다. 그렇지만 아무리 애를 써도 나무에 오르기 위해 붙잡을 만한 가지를 찾지 못하자 울음을 터뜨리고 말았습니다.

그 가엾은 나무는 아직도 서리와 눈으로 덮여 있었고, 북풍은 그 나무 위로 거칠게 오가며 요란한 소리를 냈습니다.

나무가 말했습니다.

"올라와요, 귀여운 아기님!"

그러고는 자신의 가지를 할 수 있는 한 가장 낮게 아래로 구부렸습니다. 그럼에도 불구하고 나무에 오르기에는 아이의 키가 너무 작았습니다.

밖을 내다보고 있던 거인의 얼어붙었던 마음이 사르르 녹았습니다.

'아, 난 얼마나 어리석었던가! 왜 나는 나밖에 몰랐을까? 이제야 왜 봄이 오지 않았는지를 알았어. 저 어린아이를 나무 꼭대기에 올려 줘야지. 그리고 담을 헐어 나의 정원을 영원히 어린아이들의 놀이터로 만들어야겠어.'

거인은 자신이 지금까지 했던 행동을 뉘우쳤습니다. 그는 살금살금 기어서 아래층으로 내려가 현관문을 조용히 열고 정원으로 나갔습니다. 아이들은 거인을 보자 겁을 먹고 모두 달아나 버렸습니다. 그러자 나무에 피었던 꽃이 떨어져 버리고 정원은 다시 겨울이 되었습니다.

정원에는 오직 그 키 작은 사내아이만 서 있었습니다. 두 눈 가득 눈물이 고여 있어서 거인이 다가오는 것을 보지 못했기 때문이었습니다. 거인은 그 아이 뒤로 몰래 다가갔습니다. 그러고는 아이를 조심스레 안아 나뭇가지 위에 앉혀 주었습니다.

그러자 그 나무는 꽃망울을 터뜨렸고 새들이 날아와 노래를 불렀습니다. 사내아이는 두 손을 뻗어 거인의 목을 와락 껴안고는 입을 맞추었습니다.

그 모습을 본 다른 아이들도 정원으로 다시 들어왔습니다. 아이들은 이제 거인이 자신들을 내쫓지 않으리라는 것을 알아차렸습니다.

봄도 아이들과 함께 다시 돌아왔습니다.

거인이 말했습니다.

"이제 이곳은 너희들의 정원이란다, 귀여운 친구들아."

거인은 정원의 담을 헐어 버렸습니다.

이제껏 그처럼 아름다운 정원을 본 적이 없었던 사람들은 하나같이 깜짝 놀랐습니다. 또한 그곳에서 아이들과 함께 즐겁게 놀고 있는 거인을 보고는 활짝 웃었습니다.

아이들과 거인은 하루 종일 신나게 뛰어놀았습니다. 저녁이 되자, 아이들은 거인에게 인사를 했습니다.

거인이 물었습니다.

"그런데 그 꼬마 친구는 어디 있지? 내가 나무에 앉혀 주었던 그 사내아이 말이야."

거인은 입맞춤을 해 준 그 꼬마가 정말 사랑스러웠습니다.

"우린 몰라요. 그 아이는 어디론가 가 버렸어요."

아이들의 대답에 거인이 부탁했습니다.

"그 꼬마를 보면, 내일은 꼭 좀 오라고 말해 주렴."

그러나 아이들은 그 꼬마가 어디에 사는지 모를 뿐 아니라, 한 번도 본 적이 없다고 했습니다.

거인은 무척 슬펐습니다.

다음 날 오후에도 학교 수업을 마치고 온 아이들은 여느 때처럼 거인과 함께 놀았습니다. 그러나 거인이 찾는 그 꼬마 아이는 보이지 않았습니다.

거인은 모든 아이들에게 친절히 대해 주었습니다. 그러면서도 꼬마 친구를 그리워했습니다. 틈만 나면 그 꼬마 이야기를 하곤 했습니다.

"아, 그 아이가 너무나 보고 싶구나!"

여러 해가 흘렀습니다. 나이가 든 거인의 몸이 몹시 약해졌습니다. 그래서 이제 더 이상 아이들과 함께 놀 수 없었습니다. 그는 커다란 안락의자에 앉아 아이들이 노는 모습과 정원을 물끄러미 바라보며 흐뭇한 표정을 지었습니다.

'나는 많은 꽃들을 갖고 있지만, 저 아이들이야말로 세상에서 가장 아름다운 꽃이야.'

어느 해 겨울 아침, 거인은 옷을 입으면서 창밖을 내다보았습니다. 그는 이제 겨울을 싫어하지 않았습니다. 겨울이란 봄이 잠자고 있는 때이며 꽃들이 쉬고 있는 시간이라는 것을 알게 되었기 때문이었습니다.

그런데 밖을 내다보던 거인이 갑자기 눈을 비비더니, 쳐다보고 또 쳐다보았습니다.

거인의 눈길은 정원의 가장 후미진 구석, 아름다운 하얀 꽃들을 활짝 피운 채 서 있는 나무에 가 있었습니다. 가지들은 황금빛이었고, 거기 은빛 과일들이 매달려 있었습니다. 나무 밑에는 거인이 그토록 그리워하던 꼬마 아이가 서 있었습니다.

기쁨에 넘친 거인은 후다닥 아래층으로 달려 내려가 정원으로 나섰습니다. 그러고는 한달음에 잔디밭을 가로질러 아이에게로 다가갔습니다.

꼬마 곁에 선 거인이 소리쳤습니다.

"아니, 누가 네게 상처를 입혔니?"

아이의 조그만 양쪽 손바닥과 발에 각각 못 자국이 나 있기 때문이었습니다.

"도대체 누가 네게 이 같은 상처를 입혔단 말이냐? 어서 말하렴!"

거인이 다시 소리치자 아이가 입을 열었습니다.

"이것은 사랑의 상처랍니다."

대답을 들은 거인이 깜짝 놀라 물었습니다.

"당신은 누구십니까?"

거인은 두렵고도 의아한 마음이 들어 무릎을 꿇었습니다.

아이는 밝은 미소를 지으며 말했습니다.

"할아버지는 나를 아름다운 정원에서 놀게 해 주었지요. 오늘 나는 할아버지를 나의 정원으로 모시려고 합니다. 나의 정원은 하늘나라랍니다."

그날 오후, 아이들은 하얀 꽃들이 만발한 나무 아래 잠들어 있는 거인을 보았습니다.

나이팅게일과 장미

"아, 그 소녀는 빨간 장미를 가져다주면 나와 춤을 추겠다고 약속했지. 그런데 우리 집 정원 어디에도 빨간 장미가 없어."

젊은 학생이 한숨을 쉬며 하는 말을, 떡갈나무에 둥지를 튼 나이팅게일이 들었습니다.

나뭇잎 사이로 밖을 내다보던 나이팅게일은 의아하게 생각했습니다.

"우리 집 정원에는 빨간 장미가 없단 말이야!"

젊은 학생은 또다시 한숨을 쉬었습니다. 밝고 큰 눈에 눈물이 가득 고여 있었습니다.

"아아, 이렇게 작은 것으로도 행복과 불행이 정해지는구나!

나는 지금까지 유명한 사람들이 쓴 책이라면 하나도 빼놓지
않고 읽었어. 철학처럼 어렵고 뜻 깊은 것까지도 열심히 공부
했는데 붉은 장미꽃 한 송이 때문에 내 인생이 이렇게 슬퍼질
줄은 몰랐어."

학생의 말을 들은 나이팅게일이 중얼거렸습니다.

"마침내 참다운 사랑을 아는 사람을 만나게 되었구나! 그래,
난 밤이면 밤마다 참된 사랑을 하는 사람에 대해 노래하며 지
냈어. 그 사람이 누구인지도 모르면서 말이야. 그리고 날마다
별님에게, 참된 사랑에 빠진 사람에 관한 이야기를 해 주었지.
그런데 이제 그와 같은 사람을 만났어……. 그의 머리카락은
히아신스 꽃망울처럼 검고, 입술은 애타게 찾고 있는 장미처
럼 붉구나. 한데 사랑의 괴로움이 얼굴을 상아처럼 창백하게
만들어 버렸고, 슬픔은 이마 위에 지워지지 않는 주름을 그려
놓았어."

젊은 학생이 또 혼잣말로 중얼거렸습니다.

"내일 밤 왕자님이 무도회를 연다고 하셨어. 내 귀여운 소녀
도 그 무도회에 가겠지. 빨간 장미만 가져다주면, 그 소녀와
밤새 춤을 출 수 있어. 빨간 장미만 있으면, 그 소녀를 품에 안
을 수도 있어. 그 소녀는 내 어깨에 머리를 기댈 테고, 나는 소

녀의 손을 꼭 쥘 수 있을 거야. 그렇지만 우리 집 정원에는 빨간 장미가 없단 말이야. 결국 나는 혼자 앉아 있게 될 것이고, 그 소녀는 내 옆을 지나쳐 가 버릴 거야. 나를 쳐다보지도 않겠지. 아, 가슴이 터져 버릴 것만 같아."

나이팅게일이 노래하듯 말했습니다.

"이것이야말로 참다운 사랑이 아닌가. 내가 노래하는 사랑 때문에 괴로워하고 있어. 내게는 기쁜 일이 저 젊은이에게는 괴로움인 거야. 사랑이란 고귀한 것이 틀림없나 봐. 에메랄드보다도 귀중하고, 오팔보다도 값진 거야. 진주를 가지고서도 살 수 없겠지.

그뿐만 아니라 시장에 진열되어 있지도 않고 장사꾼에게서 살 수도 없어. 황금과 바꾸어 저울로 나눌 수도 없지."

"악사들은 자리에 앉아 연주를 하겠지. 그러면 내 귀여운 소녀는 하프와 바이올린에 맞추어 춤출 거야. 발이 땅에 닿지도 않을 만큼 가볍게 춤을 추겠지. 멋지게 차려입은 청년들이 그 주위로 모여들겠지. 나와는 결코 춤을 추지 않을 거야. 내게는 그 소녀에게 줄 빨간 장미꽃이 없단 말이야."

젊은 학생은 잔디 위에 고꾸라지듯 쓰러져, 양손에 얼굴을 파묻고 눈물을 흘렸습니다.

초록빛 작은 도마뱀이 꼬리를 흔들며, 젊은이 옆을 뛰어 지나가다가 물었습니다.

"왜 울고 있을까?"

햇살을 따라 날던 나비도 물었습니다.

"정말 왜 울지?"

들국화가 옆에 있는 꽃에게 낮은 소리로 속삭였습니다.

"왜 우는 건가요?"

나이팅게일이 대답했습니다.

"이 집 정원에 빨간 장미가 없어서 그러는 거야."

모두가 외쳤습니다.

"빨간 장미 때문이라고?"

빈정대기 일쑤인 꼬마 도마뱀은 조심성 없이 큰 소리로 웃었습니다.

"하하하, 정말 바보 같은 친구로군!"

그러나 나이팅게일만은 학생의 슬픔을 충분히 이해할 수 있었습니다.

떡갈나무에 앉아 사랑의 신비에 대해 곰곰이 생각하던 나이팅게일이 갑자기 갈색 날개를 펼쳐 하늘로 날아 올라갔습니다. 그러고는 그림자처럼 나무 사이를 빠져나가 정원을 가로

질렀습니다.

　잔디밭 한가운데에 아름다운 장미나무 한 그루가 서 있었습니다. 나이팅게일은 그리로 날아가 가지 위에 앉았습니다.

　나이팅게일은 크게 소리쳤습니다.

　"빨간 장미꽃 한 송이만 주십시오. 장미를 주시면 가장 아름다운 노래를 불러 드리지요."

　그러나 장미나무는 머리를 흔들었습니다.

　"내 꽃은 흰색, 바다의 물거품처럼 흰빛이랍니다. 산 위의 눈보다도 더 하얗지요. 저쪽 낡은 해시계 주위에 서 있는 내 형제에게 가 보십시오. 어쩌면 소원을 이룰 수 있을지도 모르겠군요."

　낡은 해시계 주위에 서 있는 장미나무로 날아간 나이팅게일이 소리쳤습니다.

　"빨간 장미 한 송이만 주시겠어요? 장미를 주시면 제가 정말 아름다운 노래를 들려 드리지요."

　장미나무는 고개를 저었습니다.

　"나는 노란색, 호박 왕좌에 앉아 있는 인어의 머리카락처럼 노랗답니다. 목장에 피어 있는 수선화보다도 노랗지요. 저기, 학생이 사는 창문 아래 서 있는 내 형제에게 가 보십시오. 당

신의 소원을 이룰 수 있을 거예요."

나이팅게일은 학생이 사는 창문 아래 서 있는 장미나무로 날아갔습니다.

"빨간 장미꽃 한 송이만 주십시오. 장미를 주시면 답례로 무척 아름다운 노래를 들려 드리지요."

"나는 빨간색, 비둘기 발처럼 빨갛답니다. 바다 밑 동굴 안에서 흔들리는 큰 산호의 부채보다도 빨갛지요. 그러나 겨울이 내 핏줄을 얼려 버렸어요. 또한 서리가 내 봉오리를 상하게 만들었고요. 더욱이 폭풍은 내 가지를 꺾어 버렸어요. 그래서 올해는 꽃을 피울 수 없을 듯해요."

장미나무의 대답에 나이팅게일이 소리쳤습니다.

"한 송이만 주시면 됩니다. 정말 딱 한 송이만 주시면 돼요. 어떻게 해야 얻을 수 있을까요?"

"방법은 오직 한 가지……, 그러나 말할 수 없을 만큼 무서운 거예요."

"말씀해 주십시오. 저는 조금도 무섭지 않으니까요."

"그토록 빨간 장미를 원한다면, 달빛을 받으며 노래를 불러 장미를 피어나게 해야만 해요. 그리고 심장의 피로 장미를 물들여야 해요. 가슴에 가시를 박은 채, 나를 위해 노래해야만 해요. 밤새 나를 향해 노래해야 해요. 가시가 당신의 심장을 꿰뚫어야만 해요. 당신의 피가 내 피로 흘러들어, 내 것이 되어야만 해요."

"한 송이 빨간 장미를 얻기 위한 값으로, 죽음이란 너무나 엄청난 대가예요. 누구에게나 생명은 그 무엇보다 소중한 것이지요. 푸른 숲에 앉아 황금 마차를 타고 있는 태양이나 진주 마차를 타고 있는 달을 바라보는 것은 무척 즐거운 일이에요. 산사나무 향기는 달콤하고, 골짜기 그늘진 곳에 핀 방울풀이나 히스도 향기롭지요. 그러나 사랑은 생명보다 더 소중한 것이지요. 새의 심장 따위야 사람의 심장에 비하면 참으로 하찮은 것이지요."

그렇게 대답한 나이팅게일은 갈색 날개를 힘차게 움직이며 높이 날아 올라갔습니다. 그러고는 정원을 가로질러 가서, 그림자처럼 나무 사이를 빠져나갔습니다.

젊은 학생은 여전히 잔디 위에 쓰러져 있었습니다. 커다란 눈에는 아직도 눈물이 가득 고여 있었습니다.

나이팅게일이 큰 소리로 노래했습니다.

"이제 그만 울고, 기뻐하세요. 제가 빨간 장미꽃을 드리겠어요. 달빛 아래서 노래를 부르며 장미를 만들어 드릴게요. 제

심장의 피로 장미를 빨갛게 물들일게요. 대신 한 가지 소원이 있습니다. 참다운 사랑을 하는 사람으로 영원히 남으셔야 해요. 철학이 아무리 지혜로운 것이라 할지라도, 사랑은 그보다 한껏 더 지혜로우니까요. 권력이 강한 힘을 갖고 있다 할지라도, 사랑은 그보다 훨씬 더 힘이 강하니까요.

사랑의 날개는 불꽃처럼 빛나고 사랑도 불꽃처럼 찬란합니다. 사랑의 입술은 꿀처럼 달콤하고 사랑의 숨결은 향료만큼이나 아름답지요.”

새소리를 들은 학생은 얼굴을 들고 귀를 기울였습니다. 그러나 나이팅게일이 무슨 말을 하는지 알아들을 수 없었습니다. 그는 책에 씌어 있는 것밖에는 모르는 사람이었습니다.

그러나 그 말을 알아들은 떡갈나무는 슬픈 생각이 들었습니다. 자신의 가지에 둥지를 틀고 사는 작은 나이팅게일을 무척 좋아하는 떡갈나무가 속삭였습니다.

“마지막으로 네 노래를 한 곡만 들려주겠니? 네가 이곳을 떠나면 나는 무척이나 쓸쓸해질 거야.”

그 말을 듣고 나이팅게일은 떡갈나무에게 노래를 들려주었습니다. 그것은 마치 은 항아리에서 거품을 내며 흘러내리는 물소리와 같았습니다.

나이팅게일의 노래가 끝나자 학생이 벌떡 일어섰습니다. 그는 호주머니에서 공책과 연필을 꺼냈습니다. 그러고는 나무 사이를 거닐며 생각에 잠기는 것이었습니다.

'나이팅게일의 노래에도 아름다움이 있다. 저 새에게도 감정이 있는 걸까? 그렇다면 예술가와 아주 비슷하군. 하지만 나이팅게일에게 아름다움만 있을 뿐 성실함은 있지 않아. 저 새는 다른 사람을 위해 자신을 희생하지는 않아. 음악에 대한 것밖에는 생각하지 않을 테지. 예술가가 이기적이라는 것쯤은 누구나 알고 있는 사실이야. 그럼에도 불구하고 나이팅게일의 목소리에 여전히 아름다운 가락이 있다는 사실은 인정할 수밖에 없어. 그러나 그것이 내게는 아무런 의미가 없으며, 또 내게 어떠한 도움도 주지 못하니 참으로 안타까울 따름이다.'

자기 방으로 들어간 학생은 작은 침대에 누워 소녀를 생각하다가 잠이 들었습니다.

하늘에 달이 밝게 떠오르자, 나이팅게일은 장미나무가 있는 곳으로 날아갔습니다. 그러고는 장미나무 가시에 자기 가슴을 갖다 댔습니다. 나이팅게일은 심장에 가시를 박은 채 밤새 노래를 불렀습니다. 수정같이 싸늘한 달님도 고개를 숙이고 귀를 기울였습니다. 나이팅게일은 쉬지 않고 노래했습니다. 가시는 점점 더 깊이 심장을 파고들었습니다. 새의 가슴에서 피가 스며 나왔습니다. 나이팅게일은 소년과 소녀의 마음속에 스민 사랑이 싹트기를 간절히 바라며 노래를 불렀습니다.

얼마나 지났을까, 장미나무의 가장 높은 가지에 야릇한 꽃망울이 생겼습니다. 노래 한 마디 한 마디에 따라, 꽃잎이 하나둘씩 벌어졌습니다. 그 꽃잎은 새벽녘 강에 드리운 안개처럼 은은한 빛이었습니다. 그것은 마치 은거울에 비친 장미 그림자와 같았습니다.

장미나무는 나이팅게일에게 가시를 좀 더 심장 깊숙이까지 찌르라고 말했습니다.

"좀 더 힘껏 눌러야 해요, 귀여운 나이팅게일. 그렇지 않으면 장미가 활짝 피기도 전에 밤이 새고 말 거예요."

나이팅게일은 가슴에 한껏 힘을 주어 가시를 껴안았습니다. 그러자 노랫소리가 점점 더 커졌습니다. 새는 한 남자와 한 여자의 마음에 타오르는 사랑을 노래하고 있었습니다.

이윽고 희미한 연분홍 색깔이 장미 꽃잎에 물들기 시작했습니다. 그것은 마치 신부의 입술에 입맞춤한 신랑의 발그레하게 물든 얼굴빛 같은 색깔이었습니다.

그러나 아직도 가시가 나이팅게일의 심장 한가운데까지 닿

은 것은 아니었습니다. 장미 봉오리 가운데 부분은 하얀색 그대로였습니다. 그 부분을 새빨갛게 물들일 수 있는 것은 오직 나이팅게일의 심장을 흐르는 피뿐이었습니다.

장미나무는 또다시 나이팅게일을 향해 외쳤습니다.

"좀 더, 더, 더 힘껏 눌러요. 그러지 않으면 장미 꽃잎의 색이 변하기도 전에 날이 새고 말 테니까요!"

나이팅게일은 있는 힘을 다하여 가시를 끌어안았습니다. 가시가 심장 한가운데를 깊이 찔렀습니다. 참을 수 없는 아픔이 온몸을 휩쌌습니다. 그것은 말로 나타내지 못할 만큼 큰 고통이었습니다.

노랫소리가 차츰 더 높아지고 있었습니다. 나이팅게일의 노래는 죽음으로 만드는 사랑의 노래였습니다. 무덤 속에서도 결코 사라지지 않을 그런 사랑의 노래였습니다.

마침내 장미 꽃잎이 동녘 하늘의 노을빛처럼 새빨갛게 물들었습니다. 모든 꽃잎들이 새빨갛게 물들었고, 장미꽃 봉오리 속까지 루비처럼 새빨갛게 물들었습니다.

나이팅게일의 노랫소리는 점차 힘을 잃고 잦아들었습니다. 새는 작은 날개를 퍼덕이기 시작했습니다. 눈도 흐릿해졌습니다. 노랫소리는 더욱더 가늘어졌습니다. 그 소리는 마치 목에

무엇이 걸린 듯이 새어 나왔습니다. 끝내 나이팅게일은 울부짖듯 마지막 마디를 노래했습니다.

달님은 그 소리를 귀 기울여 듣느라, 날이 새는 줄도 모르고 하늘 위에 머물렀습니다. 빨간 장미도 그 소리를 들었습니다. 넘치는 기쁨으로 온몸을 떨면서, 신선한 새벽 공기를 듬뿍 들이마시며 피어났습니다.

마지막 노래의 메아리는 언덕에 있는 보라색 동굴까지 퍼져 나가 잠자고 있던 양치기들을 깨웠습니다. 그 노랫소리는 시냇가에 무리 지어 있는 갈대숲에도 전해졌습니다. 갈대는 그 노랫소리를 바다까지 날려 보냈습니다.

장미나무가 외쳤습니다.

"봐, 내가 이처럼 완전하게 변했어!"

그러나 나이팅게일은 대답이 없습니다. 새는 가슴에 가시가 박힌 채 우거진 풀숲 위에 떨어져 숨져 있었습니다.

그날 아침, 학생은 창문을 열고 밖을 내다보다가 빨간 장미를 발견하고는 화들짝 놀라 소리쳤습니다.

"아아, 내게 이런 행운이 찾아오다니! 저기, 그토록 바라던 빨간 장미가 있어! 저렇게 멋진 장미는 지금까지 본 적이 없어. 이처럼 예쁜 꽃이라면 훌륭한 가문의 귀족처럼 긴 라틴어

이름이 있을 거야.”

정원으로 달려 나간 학생은 허리를 굽혀 장미꽃을 꺾었습니다. 그러고는 모자를 쓰고, 손에 장미를 든 채 기쁨에 넘쳐 교수님 댁으로 달려갔습니다.

교수님의 딸은 입구에 앉아, 푸른 명주실을 실패에 감고 있었습니다. 그 발밑에는 강아지가 잠자고 있었습니다.

“그대가 그러셨지요? 빨간 장미를 가져오면 나와 춤을 추겠다고. 여기 세상에서 가장 멋진 빨간 장미가 있습니다. 오늘 밤 그대 가슴에 이 꽃을 꽂으세요. 또 우리가 함께 춤출 때, 장미꽃이 그대에게 말할 겁니다. 얼마나 내가 그대를 사랑하고 있는지를요.”

학생의 말을 들은 소녀는 얼굴을 찌푸렸습니다.

“그 꽃 색깔은 내 옷에 어울리지 않아요. 게다가 학장님의 조카께서 내게 보석을 선물했어요. 보석이 꽃보다 훨씬 값지다는 것쯤은 누구나 알고 있잖아요?”

화가 치민 학생은 언짢은 목소리로 대꾸했습니다.

“뭐라고요? 당신은 다른 이의 성의를 무시하는, 아주 나쁜 사람이군요. 안타깝게도 이제야 그걸 알겠어요.”

그러고는 장미를 길에 버렸습니다. 그 위로 짐차의 수레바퀴

가 지나갔습니다.

소녀가 말했습니다.

"성의를 모른다고요? 좋아요, 당신이야말로 예의를 모르는 사람이군요. 당신은 도대체 뭔가요? 학생일 뿐이잖아요. 내게는 학장님 조카가 기다리고 있단 말이에요. 당신에게는 은장식한 구두도 없잖아요?"

소녀는 의자에서 벌떡 일어나 방 안으로 들어가 버렸습니다.

학생은 힘없이 걸어가면서 중얼거렸습니다.

"사랑이 얼마나 바보스러운 짓인지 알았어. 무엇 하나 증명할 수도 없으니 말이야. 사랑은 언제나 헛된 꿈만 꾸게 해. 사랑이란 정말 아무짝에도 쓸모가 없는 거야. 아무래도 난 그냥 책과 씨름하면서 공부나 해야겠어."

학생은 자신의 방으로 돌아가, 먼지가 쌓여 있는 책을 꺼내어 읽기 시작했습니다.

믿음직한 친구

　어느 날 아침, 강가에 사는 나이 많은 쥐가 굴 밖으로 머리를 내밀었습니다. 눈은 조그맣고 반짝였습니다. 얼굴에는 회색빛이 도는 무서운 턱수염이 뻗어 나와 있고, 새까만 꼬리는 기다란 고무줄 같았습니다.

　새끼 오리들은 연못에서 헤엄을 치며 빙빙 돌고 있었습니다. 그 모양은 마치 샛노란 카나리아 떼처럼 보였습니다. 흰색 몸에 붉은 다리를 가진 어미 오리는 물속에서 물구나무서는 방법을 가르치고 있었습니다.

　"얘들아, 물구나무서기를 못 하면 상류 사회에 나갈 수가 없단다."

어미 오리는 직접 물구나무서기를 해 보았습니다. 그러나 새끼 오리들은 어미 오리 쪽은 쳐다보지도 않았습니다. 너무 어린 탓에 상류 사회에 나간다는 것이 무슨 뜻인지 몰랐습니다. 그래도 어미 오리는 계속해서 새끼 오리들을 가르치려고 애를 썼습니다.

그 모습을 보고 있던 늙은 쥐가 새끼 오리들을 야단쳤습니다.

"버르장머리 없는 녀석들이군! 저런 놈들은 물에 빠져 죽더라도 그냥 내버려 둬야 해."

어미 오리가 대답했습니다.

"무슨 말씀을 그렇게 하세요? 그런 일은 없을 거예요. 누구든지 첫걸음부터 시작해야 하는 거예요. 그리고 참된 부모는, 아무리 참고 참아도 지나치다고 생각하는 법이 없답니다."

늙은 쥐가 말했습니다.

"나는 부모 마음 따위는 몰라요. 내게는 가족이 없으니까요. 솔직히 말하면 나는 결혼한 적도 없지만, 결혼할 마음도 없습니다. 사랑이란 그 나름대로 매력이 있지만, 그보다는 우정이 좀 더 멋지다고 생각합니다. 이 세상에서 믿음직한 친구 사이의 우정만큼 아름답고 훌륭한 것은 없으니까요."

바로 옆 버드나무에 앉아 그들이 주고받는 말을 듣고 있던 초록색 방울새가 물었습니다.

"그러시다면, 믿음직한 친구라면 어떠해야 한다고 생각하세요?"

후미진 데서 새끼 오리들에게 물구나무서기 시범을 보여 주던 어미 오리가 맞장구를 쳤습니다.

"그래요, 나도 우정에 대해서 듣고 싶어요."

쥐가 대답했습니다.

"정말 바보 같은 질문이군요. 두말할 것도 없이 나를 위해 무엇이든 해 줄 수 있는 사람이 진짜 믿음직한 친구지요."

은빛 소용돌이 위에서 방향을 바꾸며 작은 날개를 파닥이던 방울새가 쥐에게 물었습니다.

"그렇다면 당신은 친구에게 무엇을 해 주실 건가요?"

"그야 알 수 없지요."

그러자 방울새가 말했습니다.

"제가 이야기를 하나 해 드릴게요."

"나와 관계있는 이야기인가요? 그렇다면 들어 보지요. 나는 이야기를 무척 좋아하니까요."

"당신하고 전혀 관계가 없다고 할 수는 없지요."

방울새는 나뭇가지에서 날아 내려와 믿음직한 친구 이야기를 시작했습니다.

"먼 옛날, 한스라는 정직하고 키 작은 사람이 살았어요."

쥐가 물었습니다.

"그 사람은 남보다 뛰어난 사람이었나요?"

방울새가 대답했습니다.

"아니에요, 뛰어난 점이라고는 조금도 없는 사람이었어요. 오직 친절한 마음과 상냥한 얼굴만을 가졌을 뿐이지요."

그는 조그만 오두막에 홀로 살고 있었습니다. 그리고 날마다 자신의 정원에서 일을 했습니다.

근처에서 그의 정원만큼 아름다운 곳은 없었습니다. 거기에는 패랭이꽃과 겨자꽃, 냉이와 민들레꽃도 피어 있었습니다. 다마스크장미, 노란 장미, 라일락 색깔의 크로커스, 황금색 크로커스, 자줏빛 제비꽃, 흰색 제비꽃 들도 있었습니다. 박하와 앵초, 붓꽃, 나팔수선화가 계절따라 꽃을 피웠습니다. 한 가지 꽃이 지면 또 다른 꽃이 피어나, 정원에는 늘 아름다움과 향긋한 꽃향기가 어려 있었습니다.

꼬마 한스에게는 친구가 많았습니다.

그 가운데 가장 믿음직한 친구는 방앗간을 하고 있는 꺽다리

휴였습니다. 그는 한스의 정원 앞을 지나갈 때면 언제나 담장 위로 넘겨다보며 커다란 꽃송이라든가 향기로운 풀을 한껏 꺾었습니다. 열매가 열리는 계절에는 자두나 앵두를 호주머니 가득히 따 넣었습니다.

휴는 입버릇처럼 말했습니다.

"진정한 친구 사이엔 네 것 내 것을 구별하지 않는 법이지."

그렇게 말하면, 꼬마 한스는 머리를 끄덕이며 미소 짓고, 이렇듯 훌륭한 생각을 가진 친구가 있다는 사실을 자랑스럽게 생각했습니다.

그러나 이웃 사람들은 이상하게 여겼습니다. 돈 많은 방앗간 주인 휴는 밀가루를 100부대씩이나 가지고 있으면서도, 젖소를 여섯 마리씩이나 키우고 있으면서도, 탐스러운 털을 가진 양 떼를 가지고 있으면서도, 꼬마 한스에게는 아무것도 선물한 적이 없기 때문이었습니다.

그러나 한스는 그런 일에 전혀 신경을 쓰지 않았습니다. 오히려 휴가 입버릇처럼 말하는 '우정이란 남을 위해 희생하는 것'이라는 놀라운 이야기에 귀를 기울이는 게 더할 나위 없는 즐거움이었습니다.

꼬마 한스는 자신의 집 정원에서 열심히 일했습니다. 봄, 여

름과 가을 동안 그는 말로 표현할 수 없을 만큼 행복했습니다. 그러나 겨울이 되어 시장에 내다 팔 과일이나 꽃이 없으면 추위와 배고픔을 견뎌 내야 했습니다.

얼마 안 되는 말린 배와 몇 톨의 호두를 저녁 삼아 먹고 잠자리에 들어야 하는 경우도 있었습니다. 그뿐 아니라 홀로 외롭

게 지내야 했습니다.

방앗간 주인 휴는 겨울에는 한스에게 단 한 번도 놀러 가지 않았습니다.

휴는 아내에게 입버릇처럼 말했습니다.

"눈 내리는 겨울에는 꼬마 한스에게 가 봐야 별 볼일이 없어. 사람이 어려움을 당할 때는 가만두는 것이 제일 좋거든. 그럴 때 놀러 가서 폐를 끼치면 안 되지. 암, 이것이 바로 믿음직한 친구의 도리가 아니겠어? 또 올바른 생각이기도 하고 말이야. 그러니 봄이 올 때까지 기다릴 수밖에 없지. 봄이 온 뒤에 찾아가 봐야지. 그때 가면 한스는 큰 바구니에 꽃을 하나 가득 따 줄 테고, 또 그 녀석도 나한테 줄 게 있어서 기뻐할 거야."

휴의 아내가 굵은 소나무 장작이 타고 있는 난로 옆 안락의자에 앉으며 말했습니다.

"당신은 정말 이웃에게 친절하세요. 당신이 우정에 관해 말하는 걸 들으면, 마음까지 다 훈훈해져요. 아마 목사님이라도 당신처럼 멋진 말은 못 하실 거예요."

휴의 막내아들이 물었습니다.

"한스 아저씨를 우리 집에 오시라고 할 수는 없나요? 불쌍한 한스 아저씨가 어려움을 당하면, 제 용돈을 반 정도 드릴 수도 있어요. 그리고 제 흰 토끼도 보여 드리고 싶어요."

그러자 휴가 버럭, 소리를 질렀습니다.

"바보 같은 녀석! 학교에 가서 뭘 배우는지 도무지 알 수가 없군. 아무것도 모르는 철부지 같으니라고! 만일 한스가 우리 집에 와서 따뜻한 난롯불이나, 맛있는 저녁밥이나, 포도주 통을 보게 되면 부러워할지도 몰라. 부러워한다는 것은 무서운 일이야. 누구든지 그것 때문에 성격이 나빠지고 마니까. 나는 한스가 그렇게 되는 것을 보고 있을 수 없어. 나는 한스의 가장 믿음직한 친구니까 말이야. 나는 언제나 그 녀석을 지켜 주어야 해. 그런 부러움을 느끼지 않도록 돌봐 주어야 한다고. 게다가 한스가 만일 우리 집에 오면 밀가루를 조금만 꾸어 달라고 할지도 몰라. 나는 절대로 그럴 수 없어. 밀가루와 우정은 전혀 다른 거야. 그 둘을 헷갈려서는 안 된다고. 그 두 가지는 발음조차도 비슷한 데가 없잖니? 그러니 뜻이 전혀 다를 수밖에……. 누구나 이와 같은 사실을 알고 있지."

휴의 아내가 커다란 컵에 맥주를 따르면서 말했습니다.

"당신은 정말 말씀을 잘하시네요! 그런데 묘하게도 교회에 앉아 있을 때처럼 졸음이 오네요."

휴가 대답했습니다.

"분수에 맞지 않게 사는 사람은 헤아릴 수 없이 많아. 그러나 멋지게 말하는 사람은 찾아보기 힘들지. 멋지게 말하는 것은 아무나 할 수 없을 뿐더러, 무척 어려운 일이야. 또 그것은 무척 훌륭한 것이고 말이야."

휴는 식탁 너머로 막내아들을 흘겨보았습니다. 영문을 알지 못한 채, 막내아들은 고개를 숙이고 울음을 터뜨렸습니다. 눈물이 찻잔 안에 떨어졌습니다.

늙은 쥐가 물었습니다.

"이야기가 모두 끝난 거요?"

방울새가 대답했습니다.

"천만에요. 이제 시작일 뿐입니다."

쥐가 말했습니다.

"얘기를 계속해 보시오. 나는 방앗간 주인이 마음에 들었소."

방울새가 이야기를 계속했습니다.

겨울이 지나고 앵초가 별 모양의 연붉은 꽃을 피우기 시작하자, 휴는 아내에게 꼬마 한스를 만나러 가야겠다고 말했습니다.

"당신은 정말 착한 분이세요! 언제나 이웃을 생각하는 분이지요. 자, 꽃을 얻어 오려면 큰 바구니를 가지고 가셔야지요."

휴는 풍차 날개를 쇠사슬로 단단히 잡아매고 난 뒤, 아내가 건네준 바구니를 들고 언덕을 내려갔습니다.

휴가 한스를 보며 인사했습니다.

"안녕하신가, 꼬마 한스!"

한스는 삽에 몸을 기대면서 활짝 웃었습니다.

"안녕하셨어요?"

"그래, 겨우내 어떻게 지냈나?"

"그렇게 물어봐 주시니 참으로 감사합니다. 정말 고맙습니다. 지루한 겨울이었지요. 하지만 봄이 왔으니 이제는 행복합니다. 꽃들도 모두 잘 자라고 있고요."

"한스, 겨우내 우린 자네 이야기를 했다네. 자네가 이 추운 겨울을 어떻게 지내는지 걱정이 되어서 견딜 수가 있어야지."

"정말 고맙습니다. 혹시 나를 잊지나 않으셨는지 무척 걱정했습니다."

휴가 눈을 둥그렇게 뜨며 말했습니다.

"한스, 그게 무슨 말인가? 우정이란 그리 쉽게 사라져 버리는 것이 아니라네. 거기에 우정의 멋이 있는 거야. 그건 그렇

고, 자네 집 앵초꽃이 무척 아름답군!"

"정말 아름답지요? 이렇게 잔뜩 피어나 얼마나 다행스러운지 모르겠어요. 이 꽃을 시장에 가져가 시장님 따님한테 팔 참입니다. 그 돈으로 손수레를 다시 찾아야 하거든요."

"손수레를 찾아온다고? 아니, 자네 손수레를 팔아 버렸단 말인가? 바보스럽게 말이야!"

한스가 대답했습니다.

"팔 수밖에 없었어요. 잘 아시겠지만 겨울은 내게 가장 좋지 않은 계절이니까요. 정말이지 빵을 살 돈조차 없었습니다. 그래서 처음에는 외출복에 달린 은단추를 떼어 팔았고, 그다음에는 은으로 만든 시곗줄을 팔았습니다. 그 뒤에는 큰 파이프를 팔았고, 나중에는 손수레까지 팔아 버렸습니다. 이제 그것을 전부 다시 사들일 생각입니다."

"한스, 손볼 데가 좀 있기는 하지만 내 손수레를 자네한테 주겠네. 솔직히 말하면 한쪽은 귀퉁이가 떨어져 나갔고, 바퀴에도 살짝 문제가 있기는 해. 하지만 자네한테 주겠네. 내가 생각해도 너무 지나치게 베푸는 것 같군. 손수레까지 남한테 주다니, 얼마나 바보스러운 짓이냐고 사람들은 생각하겠지. 그러나 내가 다른 사람들하고는 좀 다르다는 걸 자네는 알잖아? 우정의 참 알맹이는 베푸는 마음이라고 굳게 믿고 있다는 걸 말이야. 나는 새로운 손수레를 하나 샀네. 아무튼 안심하게. 내 손수레를 자네에게 줄 테니."

꼬마 한스의 우스꽝스럽게 생긴 둥근 얼굴에는 기쁨으로 생기가 넘쳤습니다.

"정말 너무 고마울 따름입니다. 귀퉁이가 떨어져 나간 것쯤은 쉽게 고칠 수 있어요. 마침 집에 나무판자가 한 장 있으니까요."

"판자가 있다고? 그것 참 잘됐군. 우리 창고 지붕에 구멍이 하나 뚫려 있어서 어떻게 하나 걱정하던 참일세. 서둘러 고치지 않으면 비가 새어 곡식을 모두 썩힐 판이었는데, 정말 좋은 소식을 들려주었네! 이처럼 착한 일 하나가 다시 착한 일을 이끌어 낸다는 것은 참으로 놀랄 만한 일이야. 나는 자네에게 손수레를 주었고, 자네는 내게 그 판자를 주려고 한다는 사실이 바로 그렇지. 물론 손수레가 판자 조각보다야 훨씬 더 값나가는 거지만, 우정이라는 것은 그런 것을 따지지 않는다네. 부탁일세, 그 나무판자를 지금 바로 가져다주겠나? 오늘 안으로 창고를 수리할까 하네."

"그렇게 하지요."

꼬마 한스가 창고에서 끄집어낸 판자를 본 휴가 말했습니다.

"별로 크지도 않군. 이 정도로는 내 창고 지붕을 고치고 나면 자네 손수레를 고치지 못하겠어. 하지만 그것은 내 탓이 아닐세. 그나저나 내가 자네에게 손수레를 주었으니 꽃을 좀 줄 수 있겠지? 무슨 말인지 알지? 자, 여기 바구니가 있네. 가득 담아 주어야 하네."

"이 바구니에 가득?"

친구 휴가 내민 그 바구니는 무척 컸습니다. 한스는 슬펐습니다. 거기에 가득 담는다면, 시장에 내다 팔 꽃이 남지 않을 테니까요. 한스는 팔아 버린 은단추를 다시 사고 싶은 생각이 굴뚝같았습니다.

"자네에게 손수레를 주었으니 그 사례로 꽃을 좀 달란다고 해도 잘못된 행동은 아니라고 생각하네. 혹시 내가 잘못 알고 있는지 모르지만, 우정이란, 특히 참 우정이란 것은 자기의 욕심을 버리는 것이 아니겠는가?"

한스가 소리쳤습니다.

"좋아요, 이 정원에 핀 꽃은 친구의 것이기도 합니다. 은단추를 되찾는 것보다는 당신과 가까이 지내는 편이 더 낫다고 생각해요."

한스는 아름다운 앵초꽃을 모두 꺾어 방앗간 친구의 바구니에 하나 가득 채워 주었습니다.

휴는 어깨에 나무판자를 메고, 손에는 큰 꽃바구니를 든 채언덕을 올라가며 말했습니다.

"잘 있게. 내 친구, 꼬마 한스."

꼬마 한스도 인사를 했습니다.

"조심해서 가세요."

한스는 기쁜 얼굴로 부지런히 땅을 팠습니다. 손수레를 생각하기만 해도 한없는 기쁨이 솟아올랐습니다.

다음 날, 한스가 못질을 한 다음 현관 벽에 인동덩굴을 붙이고 있을 때, 길에서 방앗간 주인이 부르는 소리가 들렸습니다. 사다리에서 뛰어내린 한스는 정원을 가로질러 달려가 담 너머로 내다보았습니다.

거기에는 커다란 밀가루 부대를 짊어진 휴가 서 있었습니다.

"내 친구, 한스. 나 대신 이 밀가루 부대를 시장에 가져다주지 않겠나?"

한스가 대답했습니다.

"대단히 미안합니다만, 나도 오늘은 무척 바쁘답니다. 인동덩굴을 못으로 단단히 붙여 놓아야 하거든요. 또 꽃에다 물을 주어야 하고, 김도 매야 해요."

"물론 바쁘겠지. 그렇지만 내가 자네에게 손수레를 주기로 한 걸 생각한다면, 그렇게 불친절하게 굴면 안 된다고 보는데!"

한스가 말을 가로막았습니다.

"그런 말씀은 하지 마십시오. 불친절하다니요? 그럴 리가 있 겠습니까?"

한스는 방에 들어가 모자를 쓰고 밖으로 나왔습니다. 그러고 는 어깨에 커다란 부대를 짊어지고 비틀비틀 걸어갔습니다.

그날은 몹시 더웠습니다. 길에는 먼지가 자욱이 일기까지 했 습니다. 한스는 여섯 번째 표지판을 앞에 두고 너무 피곤해 잠 시 쉬고 싶었습니다. 그러나 쉬지 않고 걸어갔습니다. 이윽고 시장에 다다른 한스는 밀가루를 좋은 값에 팔고는 곧바로 집에 돌아왔습니다. 머뭇거리다가 해가 지고 어두워지면, 길에서 도 둑을 만나게 될지도 모른다는 걱정이 앞섰습니다.

집에 돌아온 꼬마 한스는 잠자리에 들면서 혼잣말로 중얼거 렸습니다.

"정말 힘든 날이었어. 그렇지만 친구의 부탁을 거절하지 않 은 건 아주 잘한 일이야. 그는 나의 가장 좋은 친구인 데다가, 손수레까지 주겠다고 했잖아."

다음 날 아침, 날도 채 밝기 전에 방앗간 주인이 밀가루 값을 받으러 왔습니다. 그러나 꼬마 한스는 너무나 피곤한 나머지 자리에서 일어나지 못했습니다.

휴가 말했습니다.

"정말 놀랐는걸? 자네는 정말 못 말리는 게으름뱅이 군그래. 내가 자네에게 손수레를 주기로 한 것을 생각

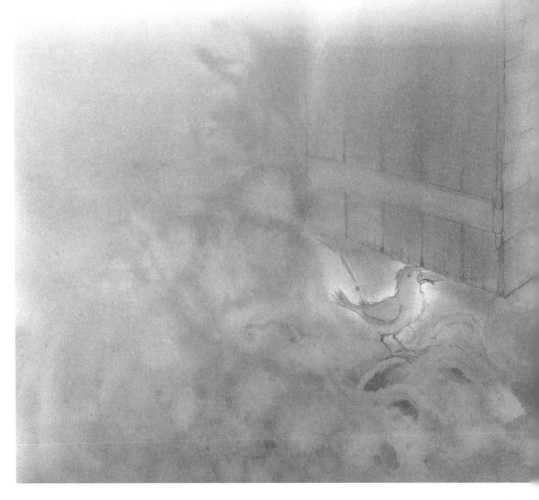

한다면 좀 더 부지런히 일해야 하지 않겠나? 게으름은 무엇보다도 큰 죄라네. 나는 내 친구 가운데 게으른 사람을 보면 정이 딱 떨어지고 만다네. 설마 내 잔소리에 기분 상하지는 않았겠지? 내가 자네 친구가 아니라면, 이런 충고도 하지 않을 걸세. 자기 마음에 품은 생각을 그대로 말할 수 없는 사이라면 진정한 친구가 아니야. 누구든지 비위를 맞출 수는 있겠지. 그러나 참다운 친구란 언짢아할 만한 이야기도 거리낌 없이 건넬 수 있어야 하지 않겠는가?

친구가 올바르게 살도록 하려면, 그 정도 괴로움을 주는 것쯤은 아무렇지도 않게 여겨야 하는 법이지. 자신이 좋은 일을 하고 있다는 것을 아니까 말일세."

꼬마 한스는 눈을 비비며, 잠잘 때 쓰는 모자를 벗었습니다.

"정말 미안합니다. 무척 피곤하더군요. 잠시 침대에 누워 새소리를 들을까 했어요. 새소리를 듣고 일어나면 언제나 일이 훨씬 더 잘되거든요."

방앗간 주인은 꼬마 한스의 등을 가볍게 두드리면서 말했습니다.

"그것참, 잘되었군. 어서 일어나 옷을 입고 곧 방앗간에 와 주면 좋겠네. 나 대신 창고 지붕을 고쳐 주면 좋겠어."

불쌍한 꼬마 한스는 정원에 나가 일을 하고 싶었습니다. 이틀 동안이나 꽃에 물을 주지 못했으니까요. 그러나 방앗간 주인 휴가 누구보다도 좋은 친구라고 여기는 까닭에 부탁을 거절할 생각은 조금도 없었습니다.

한스는 부끄러운 듯이 말을 더듬거리며 물었습니다.

"만, 만일 내, 내가 바쁘다고 하면, 야속하다고 생각하시겠지요?"

"내가 자네에게 손수레를 주기로 한 것을 생각한다면, 자네에게 이 정도의 일을 부탁하는 건 당연하다고 생각하네. 하지만 자네가 싫다고 하면 내가 하는 수밖에……."

"싫을 리가 있겠어요?"

꼬마 한스는 침대에서 벌떡 일어나 옷을 입기가 무섭게 방앗간 창고로 달려갔습니다.

한스는 해가 질 때까지 하루 종일 그곳에서 열심히 일했습니다. 해가 지자 휴는 일이 얼마나 되었는지 보러 왔습니다. 그는 한스가 일하는 모습을 보자 무척 기분이 좋은 모양이었습니다.

"지붕 수리는 다 되어 가나, 꼬마 한스?"

꼬마 한스가 사다리를 내려오면서 대답했습니다.

"다 고쳤습니다."

휴가 말했습니다.

"그렇군! 남을 위해 일하는 것처럼 기분 좋은 일도 없다네."

꼬마 한스가 이마의 땀을 닦으며 말을 받았습니다.

"당신의 훌륭한 말씀을 듣게 된 것을 정말 영광으로 생각합니다. 그러나 나는 죽는 날까지 당신처럼 훌륭한 생각을 할 수는 없을 것 같습니다."

"꼭 그렇지만은 않아. 자네도 할 수 있다네. 그러나 자네는 좀 더 노력해야만 해. 지금 자네는 오직 우정을 실천하고 있을 뿐이네. 그러나 언젠가는 우정의 참다운 뜻에 대해서도 알 수 있게 되겠지."

꼬마 한스가 물었습니다.

"정말 알 수 있게 될까요?"

"틀림없네. 지붕도 다 고쳤으니 이제 집에 가서 푹 쉬게. 그리고 내일 아침 일찍 우리 집 양 떼를 산에까지 몰아다 줄 수 있겠지?"

불쌍하게도 꼬마 한스는 친구 휴의 말에 한마디도 대꾸할 수 없었습니다.

이튿날 아침, 휴는 양을 몰고 찾아왔습니다. 한스는 그 양을

몰고 산으로 갈 수밖에 없었습니다.

집에 돌아온 한스는 너무나 피곤한 나머지 의자에 앉아 잠이 들고 말았습니다. 그러고는 이튿날 한낮이 되어서야 겨우 눈을 떴습니다.

"휴, 이제서야 겨우 정원에서 즐거운 시간을 보낼 수 있게 되었군."

한스는 혼자 중얼거리며 일을 시작하였습니다.

그러나 한스는 자기 정원에 있는 꽃을 돌볼 수 없었습니다. 휴가 끊임없이 찾아와 심부름을 시키고 제멋대로 부려 먹었기 때문입니다.

꼬마 한스는 꽃이 자신을 잊어버리지는 않았을까 걱정스러워 마음이 아팠습니다. 그러나 한스는 휴처럼 좋은 친구가 세상에 다시없을 거라며 스스로를 위로했습니다. 그럴 때마다 한스는 입버릇처럼 말했습니다.

"그 사람은 나에게 손수레를 주기로 했어. 얼마나 고마운 일이야."

이처럼 꼬마 한스는 방앗간 친구를 위해 부지런히 일했습니다. 그러면 휴는 늘 우정에 관해 여러 훌륭한 이야기를 해 주었습니다. 한스는 그 말들을 공책에 썼다가, 밤이 되면 되풀이해서 읽어 보았습니다. 그는 스스로 부지런한 사람이 되려고 노력하는 사람이었습니다.

어느 날 저녁이었습니다. 꼬마 한스가 난로 곁에 앉아 있는데, 문을 두드리는 듯한 소리가 들렸습니다. 집 주위에서 바람이 무섭게 울부짖고 있었습니다. 처음에는 그저 폭풍 소리려니 생각했습니다. 그런데 다시 한 번 문을 두드리는 소리에 이어 더욱 세차게 두드리는 소리가 들려왔습니다.

"불쌍한 나그네인가 보군."

꼬마 한스는 중얼거리며 문을 열었습니다. 문밖에는 한 손에 등불을 들고, 다른 한 손에 큰 지팡이를 든 휴가 서 있었습니다.

"내 친구 한스, 일이 생겼다네. 우리 아들 녀석이 사다리에서 떨어져 상처를 입었다네. 의사를 불러올까 하는데, 알다시피 의사의 집은 너무 멀지 않나. 게다가 날씨조차 이렇게 궂으니 어쩌겠나. 나 대신 자네가 좀 가 주어야겠어. 내가 자네에게 손수레를 주기로 한 것은 잊지 않았겠지? 그에 대해 보답하는 것은 당연한 일 아닌가?"

"그렇고말고요. 이렇게 찾아 주셔서 정말 고맙게 생각합니다. 곧 다녀오지요. 그런데 그 등불 좀 빌려 주시면 안 될까요? 밖은 너무나 깜깜해서 자칫하다가는 진흙탕에 빠질 것 같군요."

방앗간 주인이 말했습니다.

"어쩌나, 이것은 새것일세. 잘못해서 깨뜨리기라도 하면 큰일 아닌가."

"그렇군요. 등불 없이 다녀오지요."

한스는 큰 털 외투를 입고, 붉은색 모자를 쓰고, 목도리를 둘렀습니다.

폭풍우는 무섭게 휘몰아치고 있었습니다. 한스는 너무 깜깜해서 아무것도 볼 수 없었습니다. 바람은 서 있기도 힘들 만큼 세차게 불었습니다. 그러나 한스는 무척이나 용감했습니다.

3시간 정도 걸어서 의사의 집에 도착한 한스는 문을 두드렸습니다. 의사가 침실 창문으로 머리를 쑥 내밀고 소리쳐 물었습니다.

"누구요?"

"한스예요, 선생님!"

"무슨 일인가, 꼬마 한스?"

"방앗간 집 아들이 사다리에서 떨어져 다쳤습니다. 그래서 어서 와 주십사 하고요."

"알았네!"

의사는 말과 장화와 등불을 준비하도록 이르고는 아래로 내려왔습니다. 그리고는 방앗간을 향해 말을 달렸습니다. 한스는 혼자서 그 뒤를 따라갈 수밖에 없었습니다.

폭풍이 점점 세차게 불더니, 비까지 억수로 퍼붓기 시작했습니다. 꼬마 한스는 길을 잃어버려 의사가 탄 말 뒤를 따라갈 수 없게 되었습니다. 한스는 수렁 속을 헤매고 있었습니다. 깊은 구멍이 곳곳에 있어서 무척 위험한 곳이었습니다. 끝내 그곳을 빠져나오지 못하고, 불쌍한 한스는 그만 목숨을 잃고 말았습니다.

다음 날, 양치기들이 큰 물구덩이에 떠 있는 한스의 시체를 발견했습니다. 그들은 시체를 한스의 집으로 옮겼습니다.

마을 사람들이 모두 꼬마 한스의 장례식에 왔습니다. 그만큼 한스는 인기가 있었습니다.

휴가 한스의 장례식 치르는 일을 맡았습니다.

"나는 그의 가장 친한 친구였소. 그러니 장례식의 윗자리에 앉는 것은 당연하오."

그리고는 커다랗고 검은 두루마기를 입고 장례 행렬 맨 앞에 섰습니다. 이따금 손수건으로 눈물을 찍어 내기도 했습니다.

대장장이가 말했습니다.

"꼬마 한스가 죽은 것은 우리에게 너무나 큰 불행이에요."

장례식이 끝나고, 마을 사람들이 주막에 모여 앉아 향료를 섞은 포도주와 과자를 먹었습니다.

휴가 말했습니다.

"아무튼 내게는 너무나 큰 손해요. 나는 한스에게 손수레를 준 거나 마찬가지요. 그런데 이제 그 손수레를 어떻게 처치해야 할지 고민이오. 집에 두자니 거추장스럽고, 그렇다고 고물이라 팔아 치울 수도 없고. 이런 실수를 두 번 다시 저지르지 말아야지. 사람이 베풀기만 해도 이렇게 손해를 본다니까."

이야기는 여기서 끝났습니다. 한참 뒤, 쥐가 물었습니다.

"그래서, 방앗간 주인은 어떻게 되었지?"

방울새가 대꾸했습니다.

"나도 모르지요. 별로 알고 싶지도 않고요."

"그래? 자네는 동정심도 없군."

쥐가 그렇게 말하자 방울새가 속삭이듯 말했습니다.

"제가 보기에 당신은 이 이야기에 담겨 있는 교훈을 전혀 모르고 있군요."

쥐가 소리를 빽 질렀습니다.

"뭐라고? 그 이야기에 교훈이 있단 말인가?"

"그렇지요."

쥐가 벌컥 화를 냈습니다.

"그랬던가? 그렇다면 그렇다고 처음부터 말할 일이지…….
만약 그랬더라면 나는 자네 이야기 따위는 듣지 않았을 거야."

그러고는 꼬리를 한 번 휘두르더니 구멍 속으로 들어가 버렸
습니다.

잠시 뒤, 물살을 헤치며 어미 오리가 다가왔습니다.

"쥐에 대해 어떻게 생각하시나요? 그분은 좋은 점도 많아요.
하지만 내가 엄마라서 그런지 저렇게 혼자 사는 걸 보면 눈물
이 나오네요."

방울새가 대답했습니다.

"제가 마음을 불편하게 해 드린 것 같아 미안합니다. 그분에
게 교훈이 담긴 이야기를 들려 드린다는 것이 그만……."

"맞아요! 그런 일은 언제나 위험하지요."

어미 오리가 말했습니다. 나도 어미 오리의 말이 정말 옳다고
생각합니다.

젊은 왕

왕위 즉위식을 하루 앞둔 밤, 젊은 왕은 아름다운 방에 혼자 앉아 있었습니다. 신하들은 머리가 땅에 닿도록 절하고는 궁정 예의범절을 배우기 위해 대강당으로 갔습니다. 궁정 예법이 아직 몸에 익지 않은 신하들이 더러 있었기 때문입니다.

이제 겨우 열여섯 살밖에 안 된 젊은 왕은 안도의 한숨을 내쉬며, 곱게 수놓인 소파의 푹신한 쿠션 위로 털썩 주저앉았습니다. 입을 헤 벌리고 눈을 홉뜬 모습이 마치 숲에 사는 목신 (반은 사람, 반은 동물 모양으로 숲·사냥·목축을 맡아보는 신) 같기도 했고, 사냥꾼의 덫에 걸려 바동거리는 어린 짐승 같기도 했습니다.

젊은 왕을 찾아낸 것은 사냥꾼들이었습니다.

손에 피리를 든 맨발의 소년은 염소 떼 뒤를 따라가다가 우연히 사냥꾼들과 마주쳤습니다. 소년은 나이 든 왕의 외동딸이 낮은 신분의 사람과 몰래 사랑하여 낳은 아들이었습니다. 사람들은 낯선 이방인이 놀라운 마법을 지닌 류트(만돌린과 비슷한 모양으로, 가장 오래된 현악기의 하나) 연주로 어린 공주를 홀렸다고 수군거렸습니다. 그는 공주가 입에 침이 마를 정도로 칭찬하던 리미니 출신 화가였는데, 성당의 그림 작업을 마저 끝내지도 않고 홀연히 사라져 버렸다고 속닥거리기도 했습니다. 태어난 지 일주일도 안 된 갓난아기를 누군가가 잠든 공주에게서 훔쳐, 하루 종일 말을 타고 가야 할 만큼 멀리 떨어진 외딴 숲속에서 염소를 치며 사는 부부에게 맡겼다는 말도 떠돌았습니다.

공주가 잠에서 깨어난 지 한 시간도 안 되어 죽은 데 대해서도 소문이 무성했습니다. 궁정 의사는 슬픔이 너무 큰 데다 급성 전염병에 걸렸기 때문이라고 했지만, 향긋한 포도주에 탄 이탈리아산 독약에 살해되었다는 말도 있었습니다.

갓난아기를 안장에 태우고 온 나이 든 왕의 심복이, 지칠 대로 지친 말에서 내려 허름한 오두막집 문을 두들길 때, 공주는 성문 밖 황량한 교회 묘지에 묻히고 있었습니다. 밧줄로 손이 묶이고 칼에 찔린 상처가 가슴 여러 곳에 난, 이국적인 아름다움을 지닌 남자의 시체가 이미 거기에 있었다는 풍문이 퍼졌습니다. 죽음을 앞둔 나이 든 왕이 예전에 저지른 일을 뉘우친 까닭인지, 아니면 자신의 핏줄에게 왕위를 넘겨주기 위해서였는지는 알 수 없지만 그 소년을 데려오게 했습니다. 그러고는 신하들을 불러 모아 소년이 자신의 후계자라고 선포했습니다.

젊은 왕은 아름다운 것에 대해 이상하리만치 열정을 쏟았습니다. 시종들은 젊은 왕이 화려한 옷과 커다란 보석들을 보고는 기뻐 어쩔 줄 몰라 하며 탄성을 터뜨리더라는 말과 함께, 입고 있던 거친 가죽 윗도리와 양가죽 망토를 훌훌 벗어 던지더라는 얘기도 전했습니다.

날마다 치르는 궁정 의식에 진저리가 난 젊은 왕은 숲속에서 자유롭게 살던 때를 그리워하며 짜증을 내기도 했습니다. 그러면서도 이제 한 나라의 주인이며 이 '기쁨의 궁전'이 자신만을 위해 늘 새로운 모습으로 바뀌는 신세계라 생각하기도 했습니다. 그는 회의실이나 알현실을 벗어나기만 하면 금박 청동 사자상이 서 있는 대리석 계단으로 달려갔습니다. 그러고는 이 방에서 저 방으로, 이 복도에서 저 복도로 마치 통증에서 벗어나려고 진통제를 찾아 헤매는 사람처럼 돌아다녔습니다.

젊은 왕은 이것을 '탐사 여행'이라고 불렀습니다. 신비로운 세계를 탐사하는 여행과 다름없다고 생각한 까닭입니다. 가끔은 시종과 함께 망토와 리본을 펄럭이며 돌아다니기도 했지만 혼자 다닐 때가 더 많았습니다. 예술의 신비는 은밀함 속에서 가장 잘 드러나고, 지혜가 그렇듯이 아름다움 또한 외롭게 경배하는 이를 사랑한다는 것을 본능으로 깨치고 있었던 것입니다. 그런 젊은 왕에 대해 이런저런 소문이 입에 오르내렸습니다. 연설을 하러 왔던 시장은, 베네치아에서 금방 도착한 커다란 그림 앞에 무릎을 꿇은 채 감탄을 거듭하는 젊은 왕의 모습이 흡사 신을 찬양하는 것처럼 보였다고 했습니다.

한번은 젊은 왕이 몇 시간 동안이나 자취를 감춘 적이 있었습니다. 한참을 찾아 헤맨 끝에 궁전 북쪽 탑 작은 방에서 아도니스(아프로디테 여신의 사랑을 받았던 아름다운 소년)가 조각된 그리스산 보석을 홀린 듯이 바라보는 젊은 왕을 발견하기도 했습니다.

또한 돌다리 건설 현장에서 발견한 오래된 조각상의 대리석 눈썹에 입을 맞추고 있는 젊은 왕을 봤다는 소문도 있었습니다. 조각상에는 로마 황제 헤드리안 시대에 살았던 비스니아 출신 노예의 이름이 새겨져 있었습니다. 밤새도록 엔디미온(그리스 신화에 나오는 양치기로, 아름다운 소년)상에 비친 달빛을 바라보는 모습을 보았다고도 했습니다.

희귀하고 값나가는 물건에 정신을 홀딱 빼앗긴 젊은 왕은 그런 것들을 손에 넣기 위해 멀리까지 상인들을 보냈습니다. 상인들은 호박을 구하려고 북쪽 바다에 사는 성격 거친 어부에게로, 왕의 무덤에서만 발견되며 마법의 힘을 지니고 있다는 초록색 터키석을 찾아 이집트로, 비단 양탄자와 도자기를 사러 페르시아로 갔습니다. 또 레이스 천, 염색한 상아, 월장석, 옥팔찌, 백단향, 푸른 법랑, 고급 양털 숄을 들여오려고 인도 등지로도 떠났습니다.

그중에서도 젊은 왕의 마음을 가장 사로잡은 것은 대관식을 위해 마련한 금실로 짠 예복, 루비로 장식한 왕관, 진주가 둥글게 박힌 왕 홀(왕이 사용하는 지팡이)이었습니다.

젊은 왕은 화려한 소파에 깊이 기댄 채, 벽난로에서 타고 있는 커다란 소나무 장작을 바라보면서도 온통 그 생각뿐이었습니다. 그는 궁정 장인들에게, 몇 달 전에 내로라하는 예술가가 보여 준 디자인 그대로 작업하라고 명령했습니다. 그러고는 전 세계를 다 뒤져서라도 거기에 맞춤한 보석을 찾아오라고 했습니다. 멋들어지게 차려입고 성당의 높은 제단에 선 자신을 상상해 보았습니다.

소년티가 채 가시지 않은 입가에 연신 웃음이 피어올랐고, 울창한 숲속처럼 검은 두 눈은 초롱처럼 빛났습니다.

한참 후 자리에서 일어난 젊은 왕은 벽난로에 기대어, 어슴푸레 빛나는 방을 둘러보았습니다. 벽에는 아름다움의 승리를 나타내는 그림을 수놓은 화려한 비단이 걸려 있었습니다. 한쪽 구석에는 마노와 청금석을 박아 넣은 커다란 옷장이, 창문 맞은편에는 금가루와 금으로 무늬를 놓은 칠기 진열장이 서 있었습니다. 그 속에는 베네치아 유리로 섬세하게 만든 유리잔 몇 개와 검은 줄무늬 마노 잔이 놓여 있었습니다.

비단 침대보에는 마치 졸음에 겨운 잠의 신이 떨군 듯한 양귀비꽃이 수놓여 있었습니다. 상아로 만든 침대 기둥에는 벨벳 커튼을 드리웠고, 기둥 꼭대기마다 탐스러운 타조 깃털이 격자무늬의 은빛 천장을 향해 하얀 거품처럼 피어올랐습니다. 나르키소스 청동상은 반짝거리는 거울을 머리 위까지 치켜든 채 웃고 있었으며, 탁자 위에는 자수정으로 만든 접시가 놓여 있었습니다.

창밖으로 어슴푸레 보이는 집들 위로 성당의 커다란 둥근 지붕이 비눗방울처럼 떠 있었고, 지친 보초병들이 안개 자욱한 강가 쪽 테라스를 왔다 갔다 하는 모습이 보였습니다. 저 멀리 과수원에서는 나이팅게일이 지저귀고, 열린 창문으로 은은한 재스민 향이 풍겨 왔습니다.

곱슬머리를 뒤로 쓸어 올리고 류트를 집어 든 젊은 왕은 내키는 대로 퉁겼습니다. 그 순간 눈꺼풀이 무거워지며 알 수 없는 나른함이 몰려왔습니다. 일찍이 아름다운 것들에 대한 매력과 신비함을 이처럼 큰 즐거움으로, 또 강렬하게 느껴 본 적이 없었습니다.

시계탑에서 자정을 알리는 종소리가 들려오자 젊은 왕은 종을 흔들어 시종을 불렀습니다. 시종들은 아주 정중하게 옷을 벗긴 다음, 손에는 장미 향수를, 베개에는 꽃잎을 뿌렸습니다. 젊은 왕은 시종들이 나가고 얼마 되지 않아 잠이 들었습니다.

꿈속에서 젊은 왕은 천장이 낮고 긴 다락방에 서 있었습니다. 여러 대의 베틀이 철커덕거리며 돌아가고 있었습니다. 쇠창살이 쳐진 유리창으로 들어온 흐릿한 햇빛이 옷감을 짜는 몹시 여윈 직조공들의 어깨에 내려앉았습니다. 창백하고 병색이 짙은 어린아이들이 커다란 가름보 위에 웅크리고 있었습니다. 방추(물레에서 실을 감는 꼬챙이)가 날실 사이로 지나갈 때마다 아이들은 무거운 바디를 올렸다가 다시 떨어뜨리고 올이 촘촘해지도록 다지듯이 실을 눌렀습니다.

제대로 먹지 못한 탓인지 아이들의 얼굴은 하나같이 파리했고, 뼈만 앙상한 손가락은 부들부들 떨렸습니다. 말라빠진 여자 몇 명은 재봉질을 하고 있었습니다. 방 공기가 무척이나 탁하고 답답했는데 끔찍한 악취까지 코를 찔렀습니다. 습기로 축축하게 젖은 벽으로는 물이 흘러내렸습니다.

젊은 왕은 옷감을 짜는 한 사람에게 다가가 그가 하는 일을 지켜보았습니다.

그 남자가 화난 표정으로 올려다보며 물었습니다.

"왜 나를 그처럼 뚫어져라 살피는 겁니까? 혹시 우리 주인이 보낸 염탐꾼이시오?"

젊은 왕이 말했습니다.

"그대의 주인이 누구인가?"

남자가 새된 목소리로 대꾸했습니다.

"주인이라고요? 그 역시 우리와 다를 게 아무것도 없는 사람이지요. 다만 우리는 누더기를 입는데 그는 좋은 옷을 걸치고, 우리는 변변하게 먹지 못해 골골거리는데 그는 너무 많이 먹은 탓에 고통스러워한다는 게 다를 뿐이지요."

젊은 왕이 말했습니다.

"이 나라는 자유롭지 않소? 그러므로 그대는 어느 누구의 노예도 아니잖소!"

"전쟁 때는 힘이 강한 쪽이 약한 쪽을 노예로 삼는 법이고, 평화로울 때는 부자가 가난한 사람들을 노예로 만드는 법이지요. 오로지 먹고살기 위해 일을 하는데도 부자들은 우리에게 고작 굶어 죽지 않을 만큼의 품삯밖에는 안 줘요. 결국 우리가 하루 종일 일하는 까닭에 그들의 금고에는 금이 쌓이지만, 우리의 어린것들은 제명도 누리지 못하고 죽어 가지요.

또 우리가 사랑하는 사람들의 얼굴이 험악하게 변하고 마음씨도 고약해지지요. 포도즙을 짜는 것은 우리인데 정작 마시는 것은 그들이고, 힘들여 옥수수를 심고 거두지만 우리들의 식탁은 텅 비어 있지요. 우리더러 자유로운 몸이라고 떠들어대지만 사실은 눈에 보이지 않는 족쇄를 찬 노예와 조금도 다름이 없는 신세랍니다."

젊은 왕이 물었습니다.

"다른 이들도 모두 같은 처지란 말이오?"

"물론이지요. 젊은이든 늙은이든, 여자든 남자든, 어린아이

든 세월에 찌든 어른이든 모두 다 마찬가지예요. 상인들이 멋대로 값을 매겨도 우리들은 울며 겨자 먹기로 따라갈 수밖에 없답니다. 어쩌다 신부님이 지나가며 우리를 위해 기도해 주지만 진심으로 아껴 주는 이는 아무도 없지요.

햇빛도 들지 않는 우리들의 골목으로 궁핍의 여신이 굶주린 눈빛으로 기어들고, 죄악의 신은 술에 찌든 채 그 뒤를 따른답니다. 아침이면 비참함이 우리들을 깨우고, 저녁이면 부끄러움이 우리와 나란히 앉아 있어요. 하지만 이 모든 것들이 당신과 무슨 상관이 있단 말인가요? 보아하니 우리 처지와 다르게 당신의 얼굴은 무척이나 행복해 보이는군요."

그는 음울한 얼굴로 돌아서더니 바디 사이로 방추를 던지듯이 밀어 넣었습니다. 그 순간 직조공이 짜고 있는 금실 옷이 젊은 왕의 눈에 들어왔습니다.

젊은 왕의 등골이 갑자기 서늘해지며 크기를 알 수 없는 두려움이 밀려왔습니다.

"그대가 짜고 있는 이 옷은 누구의 것인가?"

"젊은 왕이 대관식 때 입을 옷인데, 이게 당신과 무슨 상관이 있단 말인가요?"

젊은 왕이 큰 소리로 울부짖으며 눈을 뜨자, 자신의 방 안이었습니다. 창밖으로 보이는 희끄무레한 하늘에 커다랗고 노란 달이 걸려 있었습니다.

얼마 후 잠이 든 젊은 왕은 또다시 꿈을 꾸었습니다.

젊은 왕은 수백 명의 노예가 노를 젓는 거대한 갤리선(노예나 죄수들에게 노를 젓게 했던 옛날 돛배) 갑판에 누워 있었습니다. 바로 옆에 깔린 양탄자에는 선장이 앉아 있었습니다. 그는 칠흑같이 검은 피부에, 진홍색 비단으로 만든 터번을 두르고 두툼한 귓불에는 커다란 은 귀고리를 단 채 상아 저울을 들고 있었습니다.

노예들은 허리를 손바닥만 한 누더기로 가렸을 뿐 벌거벗은 것이나 다름없었습니다. 노예들은 모두 족쇄로 묶여 있었습니다. 햇볕이 이글거리는데 흑인들은 통로를 왔다 갔다 하며 가죽 채찍으로 노예들을 후려갈겼습니다. 노예들이 여윈 팔을 뻗어 무거운 노를 저을 때마다 짭짤한 바닷물이 물보라를 뿜었습니다.

마침내 작은 만에 다다르자 선장이 물의 깊이를 살폈습니다. 바닷가에서 바람이 불어와 갑판과 커다란 삼각돛이 붉은 흙먼지로 뒤덮였습니다. 그때 나귀를 타고 달려온 아랍인 세 명이 배를 향해 창을 던졌습니다. 선장이 색칠을 한 화살을 쏘아 그

중 한 명의 목을 관통시켰습니다. 텀벙, 소리와 함께 아랍인이 고꾸라지자 나머지는 황급히 달아나 버렸습니다.

노란 베일을 쓰고 낙타를 탄 여자가 시체를 힐끗힐끗 흘겨보며 천천히 그들을 뒤따라갔습니다.

닻을 내리고 돛을 끌어당기자마자 흑인들은 밧줄로 만든 긴 줄사다리를 선창에서 꺼내 왔습니다. 선장은 납이 달린 까닭에 아주 무거운 사다리를 배 옆면으로 던져 놓고 양 끝을 쇠기둥에 단단히 묶었습니다. 그런 다음 흑인들은 가장 젊은 노예를 데려와 족쇄를 풀고 코와 귀를 밀랍으로 막더니 허리춤에 커다란 돌을 매달았습니다.

주춤주춤 사다리를 타고 내려간 젊은 노예가 바닷속으로 모습을 감추었습니다. 노예가 들어간 자리에서 물거품이 일었습니다. 곁눈질하는 노예들의 얼굴에는 두려움이 가득했습니다.

얼마 후, 잠수했던 노예가 진주를 들고 올라와 사다리를 붙잡은 채 숨을 헐떡거렸습니다. 흑인은 젊은 노예의 손에서 진주를 낚아채고는 다시 물속으로 밀어 넣었습니다. 다른 노예들은 노에 기대어 꾸벅꾸벅 졸았습니다.

바닷속을 오갈 때마다 젊은 노예는 아름다운 진주를 들고 나왔습니다. 선장은 저울에 진주의 무게를 달아 보고는 초록색 가죽 주머니에 집어넣었습니다.

젊은 왕은 뭐라고 말하려 했지만 마치 혀가 입천장에 달라붙어 버린 듯 입술도 들먹여지지 않았습니다.

잡담을 나누던 흑인들이 반짝이는 구슬 목걸이를 놓고 말다툼을 벌였습니다. 왜가리 두 마리가 배 위에서 원을 그리며 빙빙 날아다녔습니다.

바닷속에 들어갔던 노예가 다시 올라왔습니다. 이번에 가져온 진주는 호르무즈 해협의 것보다 훨씬 더 아름다웠는데, 보름달처럼 동그랗고 샛별보다도 더 하얗게 빛났습니다. 하지만 이를 데 없이 창백한 얼굴로 갑판에 올라온 노예는 귀와 코로 피를 쏟으며 쓰러져 버렸습니다.

그러고는 잠깐 동안 몸을 부르르 떨더니 더 이상 꼼짝하지 않았습니다. 흑인들은 어깨를 한 번 으쓱하고는 시체를 바다로 던져 버렸습니다.

선장은 기분이 좋은 듯 껄껄 웃으며 진주를 이마에 댄 채 넙죽 절을 했습니다.

"이 진주는 젊은 왕의 홀을 장식하게 될 것이다!"

그러면서 선장은 흑인에게 빨리 닻을 올리라고 신호를 보냈습니다.

젊은 왕은 '으악!' 비명을 지르며 잠에서 깨어났습니다. 창밖으로, 회색빛 긴 손가락 같은 새벽이 희미해져 가는 별들을 움켜잡으려는 듯한 모습이 보였습니다.

거듭 잠이 든 젊은 왕은 다시금 꿈을 꾸었습니다. 젊은 왕은 진기한 과일과 아름답지만 독이 든 꽃들이 피어 있는 어둑어둑한 숲속을 이리저리 돌아다니고 있었습니다. 그가 지나가자 살무사가 쉬익쉬익 소리를 냈고, 알록달록 고운 앵무새가 이 가지 저 가지로 날아다니며 노래를 불렀습니다. 엄청나게 큰 거북이 뜨거운 진흙 위에 누워 잠들어 있었고, 나무 위에는 원숭이와 공작새가 가득했습니다.

젊은 왕은 숲을 벗어날 때까지 줄곧 걸어갔습니다. 수많은 사람들이 바닥을 드러낸 강바닥에서 일을 하고 있었습니다. 울퉁불퉁한 바위산을 마치 개미 떼처럼 기어오르는가 하면 땅에다 구덩이를 깊이 파고는 그 속으로 들어가기도 했습니다. 몇몇은 커다란 도끼로 바위를 쪼개고 있었고, 어떤 사람들은 손으로 모래 바닥을 파헤쳤습니다. 또한 선인장을 뿌리째 뽑고, 진홍빛 꽃을 마구 짓밟기도 했습니다. 그들은 서로를 부르면서 일을 서두르고 있었습니다. 빈둥거리며 노는 사람은 하나도 없었습니다.

어두운 동굴 안에서 탐욕의 신과 함께 그들을 지켜보던 죽음의 신이 입을 열었습니다.

"정말 따분하기 짝이 없군그래. 저들 중 3분의 1만 내게 주면 떠날게."

그러자 탐욕의 신이 고개를 저었습니다.

"모두 다 내가 부리는 일꾼이야."

죽음의 신이 물었습니다.

"그대가 들고 있는 게 뭐야?"

"옥수수 세 알인데 그대가 무슨 상관이야?"

"내 정원에 심게 한 알만 줘. 딱 한 알만 주면 멀리 떠날게."

탐욕의 신은 옷자락 속으로 손을 감추며 거절했습니다.

"단 한 알도 줄 수 없어."

그러자 죽음의 신이 껄껄 웃으며 물웅덩이에 잔을 담갔다가 들어 올리자 말라리아균이 흘러나왔습니다. 균이 사람들을 누비고 다니자 3분의 1이 쓰러져 죽었습니다. 차가운 안개가 말라리아균을 뒤따랐고 그 옆에는 물뱀들이 우글거리고 있었습니다.

3분의 1이나 되는 일꾼들의 죽음을 본 탐욕의 신은 자신의 쪼그라진 가슴을 치며 통곡했습니다.

"아니, 내 일꾼들을 3분의 1이나 죽여 버리다니! 당장 꺼져 버려! 타타르족 지방의 산에서 전쟁이 한창인데, 양쪽 왕이 모두 그대를 부르고 있어. 아프가니스탄 사람들은 검은 소를 죽여 제사 지낸 뒤 전쟁터로 달려가고 있잖아. 그들은 창으로 방패를 두들겨 대며 함성을 지르고 무쇠로 만든 투구를 쓰고 있어. 그런데 그대는 뭐가 좋다고 이 골짜기에서 서성거리느냐고? 어서 가. 가서, 다시는 이리로 오지 마!"

"싫어, 그대가 옥수수 한 알을 줄 때까지는 절대로 여길 안 떠날 거야."

하지만 탐욕의 신은 이를 앙다문 채 머리를 흔들었습니다.

"난 그대에게 아무것도 주지 않을 거야."

죽음의 신은 또다시 껄껄 웃으며 까만 돌멩이를 집어 들더니 숲으로 던졌습니다. 그러자 야생 독당근 덤불 속에서 불꽃 옷을 입은 열병이 튀어나왔습니다. 열병이 사람들 사이를 누비며 스칠 때마다 모두 숨을 거두었습니다. 또한 열병이 지나간 곳의 잔디도 금세 말라 죽었습니다.

탐욕의 신은 몸을 부들부들 떨면서 자신의 머리에 재를 끼얹었습니다.

"잔인해! 그대는 너무나 잔인해! 지금 인도에 있는 성벽 도시에 기근이 들어 사람들이 굶어 죽어 가고 있고, 중동 지방의 저수지도 다 말라 버렸어. 이집트의 성벽 도시에는 굶주림이 걸어 다니고, 사막에서 메뚜기 떼가 몰려왔어. 나일강이 범람하지는 않았지만 신부들은 이시스(농사를 주관하는 신)와 오시리스(저승의 신)를 달래고 있어. 제발 그곳으로 좀 가. 그대를 필요로 하는 곳으로 가라고. 제발 내 일꾼들은 그냥 놔두라고!"

"싫어, 옥수수 한 알만 줄 때까지는 절대 안 갈 거야."

죽음의 신이 그렇게 말했지만 탐욕의 신은 요지부동이었습니다.

"나는 그대에게 아무것도 주지 않을 거야."

죽음의 신은 다시 껄껄 웃더니 손가락 사이로 휘파람을 불었습니다. 그러자 공중에서 한 여자가 날아왔는데, 이마에 '전염병'이라고 씌어 있었습니다. 앙상하게 야윈 독수리 떼가 그 주위를 빙글빙글 맴돌았습니다. 전염병이 날개로 골짜기를 덮어 버리자 살아남은 사람은 아무도 없었습니다.

탐욕의 신이 날카롭게 비명을 지르며 숲으로 달아나자, 죽음의 신은 붉은색 말에 올라타고 바람보다도 더 빠르게 달려갔습니다.

골짜기의 진흙 바닥에서 용과 비늘이 달린 무시무시한 것들이 뛰쳐나왔고, 자칼이 코를 킁킁거리며 모래 위를 재빨리 뛰어다녔습니다.

"이 많은 사람들은 대체 누구며, 그들은 무엇을 찾고 있었던 것일까?"

젊은 왕이 눈물을 흘리며 중얼거리자, 등 뒤에 서 있던 남자가 대답했습니다.

"임금님의 왕관을 장식할 루비를 찾고 있었습니다."

깜짝 놀란 젊은 왕이 돌아다보았습니다. 순례자처럼 옷을 차려입은 사람이 은으로 만든 거울을 들고 서 있었습니다.

얼굴이 백지장처럼 창백해진 젊은 왕이 물었습니다.

"어떤 임금을 위해서란 말인가?"

"이 거울을 들여다보시면 그 임금님의 얼굴을 볼 수 있을 겁니다."

거울을 들여다본 젊은 왕은 큰 소리로 울부짖으며 잠에서 깨어났습니다. 거울 속 임금이 바로 자신이었기 때문입니다.

찬란한 햇빛이 방 안으로 쏟아져 들어오고, 정원과 산책길에 늘어선 나무 위에서는 새들이 지저귀고 있었습니다.

그때 시종장과 고관들이 들어와 젊은 왕에게 절을 했습니다.

시종들은 금실로 짠 예복과 루비로 장식한 왕관, 그리고 진주가 둥글게 박힌 왕 홀을 가져왔습니다.

하나같이 아름다웠는데, 이제까지 보았던 그 어떤 것보다도 더 빼어났습니다. 그 순간 젊은 왕에게 간밤의 생생한 꿈이 떠올랐습니다.

"이것들을 모두 치우시오. 짐(임금이 자기를 가리키는 말)은 이것들을 걸치지 않을 것이오."

뜻밖의 말에 놀란 신하들의 눈이 휘둥그레졌습니다. 우스갯소리를 하는 줄 알고 웃음을 터뜨리는 사람도 있었습니다.

하지만 젊은 왕은 엄숙한 얼굴로 단호하게 말했습니다.

"이것들을 도로 가져가, 내 눈에 보이지 않게 치우시오. 오늘이 대관식 날이지만 짐은 이것들을 입지도 쓰지도 들지도 않겠소. 예복은 '고통'으로 파리해진 손이 '슬픔'의 베틀로 짠 것이고, 이 루비 속에는 무고한 이의 피가, 또한 이 진주의 심장에는 죽음이 들어 있기 때문이오."

그러면서 젊은 왕은 자신의 꿈 이야기를 들려주었습니다.

시종들은 서로 마주 보며 수군거렸습니다.

"아무래도 임금님의 머리가 어떻게 된 모양이야. 꿈은 그냥 꿈이고 환상은 그저 환상일 뿐이지 않나? 현실이 아닌데 신경 쓸 필요가 뭐 있어. 도대체 우리를 위해 애쓴 사람들의 삶이 무슨 상관이란 말이야. 씨 뿌리는 사람을 만나지 않으면 빵을 먹을 수 없다는 건가?

또한 포도 농장 일꾼과 이야기해 보기 전에는 포도주도 마셔서는 안 된단 말인가?”

시종장이 젊은 왕에게 아뢰었습니다.

“폐하, 그처럼 어두운 생각은 지우시옵소서. 어서 이 금실 예복과 왕관 그리고 홀을 거두시옵소서. 만일 임금에 걸맞은 차림을 갖추지 않으신다면 백성들이 어찌 폐하를 알아보겠나이까?”

젊은 왕은 시종장에게 되물었습니다.

“과연 그러할까? 임금 차림을 하지 않으면 백성들이 짐을 몰라본다는 말이오?”

“그러하옵니다, 폐하.”

“짐은, 어떤 옷을 걸치든 임금다운 사람이 있다고 생각했소. 어쩌면 시종장의 말이 옳을지도 모르지만, 짐은 이 예복을 입지도 왕관을 쓰지도 않을 것이오. 나는 이 궁전으로 왔던 때와 똑같은 모습으로 나갈 것이오.”

젊은 왕은 어린 시종 한 명만을 남기고 모두 물러가라고 일렸습니다. 그리고는 스스로 깨끗한 물에 목욕을 한 다음 궤짝에서 염소를 돌볼 때 입던 가죽 윗도리와 양가죽 망토를 꺼내 입었습니다. 그리고 낡아 빠진 지팡이를 들었습니다.

어린 시종은 파란 눈을 커다랗게 뜬 채 물었습니다.

"폐하, 예복과 왕 홀은 갖췄지만 왕관은 없지 않사옵니까?"

그러자 젊은 왕은 발코니를 따라 올라온 들장미 가지를 꺾더니 둥글게 구부린 다음 머리에 얹었습니다.

"이것이 짐의 왕관이로다."

젊은 왕은 귀족들이 기다리는 대강당으로 들어섰습니다. 그 모습을 본 귀족들이 술렁이는데 누군가가 큰 소리로 외쳤습니다.

"폐하, 백성들이 임금님을 기다리는데 거지 차림으로 나서시겠나이까?"

그 뒤를 이어 격노한 목소리가 튀어나왔습니다.

"나라의 수치야, 수치! 저런 사람을 우리 임금님으로 모실 수는 없어!"

하지만 젊은 왕은 한마디 대꾸도 하지 않고 대리석 계단과 청동 문을 지나 말에 올라탔습니다. 어린 시종이 대성당으로 향하는 젊은 왕의 뒤를 쫓아 뛰어갔습니다.

백성들은 젊은 왕을 비웃으며 깔보기까지 했습니다.

"지금 말을 타고 가는 사람은 임금님의 어릿광대인가 봐!"

젊은 왕은 고삐를 잡아당겨 말을 세우면서 말했습니다.

"그렇지 않다. 짐이 바로 임금이니라."

그러고는 간밤의 꿈 이야기를 해 주었습니다. 그러자 구경꾼 중 한 사람이 앞으로 나서며 따지고 들었습니다.

"폐하, 부자들의 호사스러운 삶 덕택에 가난한 이들이 살아간다는 것을 여태 모르셨단 말씀이옵니까? 당신들의 허영으로 인해 그나마 우리들이 먹고살 수 있고, 당신들의 부도덕으로 말미암아 우리들에게 먹을 빵이 생기나이다. 주인을 위해 봉사하는 것은 힘들지만, 봉사할 주인조차 없다면 한층 더 가혹한 일이옵니다.

아무려면 갈까마귀들이 우리를 먹여 살리겠나이까? 폐하는 이런 문제들을 어떻게 다 해결하실 생각이시옵니까? 물건을 사는 사람에게 '비싼 값에 더 많이 사라.' 하고 파는 사람에게는 '싼값에 팔아라.' 말씀하실 수 있사옵니까? 저희는 결코 그처럼 생각하지 않사옵니다. 그러니 어서 궁전으로 돌아가 폐하의 화려한 옷을 걸치시옵소서. 저희가 겪는 고통들이 대체 폐하와 무슨 상관이라는 말씀이시옵니까?"

젊은 왕이 물었습니다.

"부유한 자와 가난한 자는 서로 형제가 아니더냐?"

"그렇사옵니다. 부자 형의 이름이 바로 카인이옵지요."

대답을 들은 젊은 왕의 눈에 눈물이 가득 고였습니다. 젊은 왕은 웅성거리는 사람들 사이를 비집고 앞으로 나아갔습니다. 겁을 먹고 쭈뼛거리던 시종이 슬그머니 떠나 버렸습니다.

젊은 왕이 대성당으로 들어가는 웅장한 문에 도착하자, 병사들이 미늘창(끝이 나뭇가지처럼 둘 또는 세 가닥으로 갈라진 창)으로 가로막으며 외쳤습니다.

"너는 누군데 여기 왔느냐? 오직 임금님만이 이 문을 지나갈 수 있다."

화가 난 젊은 왕은 얼굴을 붉혔습니다.

"짐이 바로 임금이니라."

그러고는 미늘창을 옆으로 밀치며 안으로 들어갔습니다.

나이 지긋한 주교가 염소지기 차림으로 들어오는 젊은 왕을 보고는 깜짝 놀라 자리에서 일어섰습니다.

"아니 폐하, 이것이 임금님의 차림이시옵니까? 이러시면 제가 어찌 왕관을 씌워 드리며, 왕 홀을 손에 쥐어 드릴 수 있겠나이까? 분명 오늘은 굴욕의 날이 아니요, 기쁨이 가득한 날이어야 하나이다."

"슬픔이 지은 옷을 어찌 기쁨이 입을 수 있겠소?"

젊은 왕은 그렇게 되물은 뒤, 간밤의 꿈 이야기를 들려주었습니다.

이야기를 다 들은 주교는 이맛살을 찌푸리며 말했습니다.

"폐하, 저는 어느덧 황혼기에 접어든 늙은이인지라, 세상 도처에서 얼마나 많은 못된 짓들이 저질러지고 있는지 익히 알고 있나이다. 포악한 산적들이 어린이들을 납치해 무어인에게 팔고, 사막에 숨어 있던 사자들은 대상들과 낙타를 덮치나이다. 멧돼지들은 계곡에 심은 옥수수를 파먹고, 여우는 언덕 위 포도 덩굴을 먹어 치우고 있나이다. 바닷가 마을로 쳐들어온 해적들은 어선을 불태우고 그물을 훔쳐 가는 등 노략질을 일삼고 있나이다. 한센병 환자들은 바닷물이 드나드는 습지에 갈대를 엮고 사는데, 아무도 그들 가까이 가지 않사옵니다. 마을마다 거지가 득시글거리는데, 어찌나 굶주렸는지 개밥까지 훔쳐 먹기도 한다 하옵니다. 폐하가 이런 모든 일들을 일어나지 않게 할 수 있겠사옵니까? 한센병 환자와 잠자리를 함께하고 거지와 한 식탁에 앉아 식사를 하실 수 있겠사옵니까? 과연 사자가 폐하의 명령을 따르고 멧돼지가 복종하겠사옵니까? 이처럼 비참한 세상을 창조하신 하느님은 폐하와 견줄 수 없을 정도로 현명한 분이시옵니다. 그러므로 제가 어찌 이런 차림의 폐하를 칭송할 수 있겠나이까? 간곡히 아뢰오니 궁전으로 되돌아가 폐하께 걸맞은 차림을, 환한 얼굴로 갖추시기를 바라나이다. 그러면 루비로 장식한 왕관을 씌워 드리고, 진주가 둥글게 박힌 왕 홀을 폐하의 손에 쥐어 드리겠사옵니다. 꿈에 대해서는 더 이상 생각하지 마시옵소서. 이 세상의 고통을 한 사람이 감당하기에는 너무나 무겁고, 이 세상의 슬픔을 혼자 겪기에는 너무나 크옵니다."

"주교는 성전에서 어찌 그와 같은 말을 하시오?"

젊은 왕은 주교를 지나쳐 제단을 향한 계단으로 올라가 예수님의 형상 앞에 섰습니다. 오른쪽과 왼쪽에 금으로 만든 그릇과 노란 포도주가 담긴 성배, 성스러운 기름이 들어 있는 유리병이 놓여 있었습니다. 젊은 왕은 예수님의 형상 앞에 무릎을 꿇었습니다. 보석이 박힌 성골함(성자들의 유골·유물을 모시는 상자) 옆에는 커다란 촛불이 밝게 빛나고 있었습니다. 향에서 피어나는 연기는 푸르고 가는 선을 그리며 둥그런 천장 쪽으로 날아갔습니다. 젊은 왕이 기도를 드리기 위해 고개를 숙이자, 그제야 빳빳한 망토를 걸친 신부들이 제단에서 조용히 물러났습니다.

　그때 성당 밖 거리에서 소동이 벌어진 듯 요란한 소리가 들렸습니다. 잠시 후, 칼을 빼든 귀족들이 방패를 앞세우고 들이 닥치며 소리를 질렀습니다.

　"꿈을 꾸었다는 자, 어디 있느냐? 거지 차림으로 나라를 수치스럽게 한 어릿광대, 어디 있느냐? 우리를 다스릴 자격이 없으므로 기필코 그의 목을 치리라!"

　그럼에도 불구하고 젊은 왕은 다시 머리를 숙이고 기도했습니다.

　마침내 기도를 마치고 일어선 젊은 왕은 뒤돌아서서 슬픈 표정으로 사람들을 바라보았습니다.

　그때였습니다. 색유리 창문으로 들어온 햇빛이 젊은 왕을 향해 찬란하게 부서져 내렸습니다. 햇빛이 빚은 모자이크는 대관식을 위해 마련했던 옷보다 훨씬 더 아름다운 예복을 지어 젊은 왕을 감싸 주었습니다. 낡아 빠진 지팡이에 망울이 맺히더니 진주보다 더 하얀 백합꽃이 피어났고, 바싹 말랐던 들장미 가지에도 봉오리가 맺히더니 루비보다 더 빨간 꽃이 피어났습니다. 진주보다 더 새하얀 백합꽃 줄기는 은색으로 빛났고, 루비보다 더 빨간 들장미꽃 이파리는 금을 얇게 펴서 달아

놓은 듯 눈부셨습니다.

젊은 왕은 나무랄 데 없는 차림으로 서 있었습니다. 그러자 보석으로 장식된 성골함 뚜껑이 열리며 성체 현시대의 수정에서 신비하고도 찬란한 빛이 여러 겹으로 반짝였습니다. 참다운 예복을 입고 서 있는 젊은 왕 둘레에 하느님의 영광이 가득했습니다. 벽에 새겨진 성자들의 형상들도 마치 살아 움직이는 듯했습니다. 파이프 오르간에서 음악이 흘러나오고, 트럼펫과 성가대 소년들의 노랫소리가 거룩하게 울려 퍼졌습니다.

놀란 백성들은 자신도 모르게 무릎을 꿇었고, 귀족들도 칼을 거두고 젊은 왕에게 절을 했습니다. 얼굴이 창백해진 주교는 손을 부르르 떨었습니다.

"위대하신 분께서 친히 폐하에게 왕관을 내리셨나이다!"

주교는 이렇게 외치며 젊은 왕 앞에 무릎을 꿇었습니다.

높은 제단에서 내려온 젊은 왕은 자신을 경배하는 백성들 사이를 지나 집으로 향했습니다. 그러나 어느 누구도 감히 왕의 얼굴을 올려다볼 수가 없었습니다. 마치 천사의 얼굴처럼 빛났기 때문이었습니다.

별 아기

아주 먼 옛날의 이야기입니다. 살을 에는 듯 추운 겨울밤, 가난한 두 나무꾼이 소나무 숲을 지나 집으로 돌아오고 있었습니다. 울창한 소나무 숲속 오솔길과 나뭇가지에는 눈이 수북이 쌓여 있었습니다. 나무꾼이 지나는 길 옆으로 늘어진 나뭇가지들이 툭툭 부러져 나갔습니다. 계곡으로 흘러내리던 폭포수도 꽁꽁 얼어붙었습니다.

나무꾼들은 매서운 추위로 곱은 손에 입김을 불어 대며 쉬지 않고 걸었습니다. 미끄러지지 않도록 못이 박힌 장화를 신고 눈 위를 저벅저벅 걸었지만 깊은 눈구덩이에 빠지기도 했습니다. 그곳에서 빠져나오는 나무꾼의 모습은 마치 밀가루를 뒤

집어쓴 방앗간집 주인 같았습니다. 나무꾼들은 얼어붙은 늪의 얼음판을 지나면서 엉덩방아를 찧기도 했습니다. 등에 짊어진 장작개비들이 흘러내리면, 다시 주워 올려 묶어 짊어지고 발걸음을 재촉했습니다.

나무꾼들은 길을 잃을까 봐 가슴을 졸였습니다. 행여 길을 잃고 눈밭에서 잠이 들면 얼마나 끔찍한 일이 벌어질지 잘 알고 있었습니다.

지친 발걸음으로 눈 위에 난 발자국을 따라 열심히 걸었습니다. 마침내 나무꾼들은 숲을 벗어났습니다. 발밑에 펼쳐진 언덕 아래를 보니, 자신들이 살고 있는 마을의 불빛이 눈에 들어왔습니다. 이제는 살았구나 하는 생각이 들자, 나무꾼들은 기뻐하며 함박웃음을 지었습니다.

그러나 곧바로 두 나무꾼은 시무룩해졌습니다. 가난하기 짝이 없는 자신들의 처지가 서글퍼졌기 때문이었습니다.

"이렇게 시시덕대고 있을 때가 아니야. 부자들이나 살맛 나는 세상이지 우리처럼 가난한 사람들이야 무슨 재미로 사나? 숲속에서 얼어 죽거나 아무도 모르게 들짐승에게 잡아먹히는 게 오히려 편할지도 모르지."

"그래, 힘들게 사는 것보다 그게 더 편한 일인지도 몰라. 부자들은 지나치게 많이 갖고 있고, 우리 같은 사람들은 가진 것 하나 없지. 세상은 참으로 불공평해. 우리에게 넉넉한 것이라고는 고달픔밖에 없어."

두 나무꾼은 서로의 생각을 털어놓았습니다.

그때 신기한 일이 벌어졌습니다. 밤하늘에 떠 있던 밝은 별 하나가 갑자기 곤두박질쳤습니다. 두 사람은 숨을 죽이고 가만히 바라보았습니다. 그 별은 돌을 던지면 맞힐 수 있을 만큼 가까운 거리의 버드나무 숲 너머로 떨어졌습니다.

두 나무꾼이 소리쳤습니다.

"저……, 저, 저기에 금덩이가 떨어졌어. 먼저 찾는 사람이 임자야!"

두 사람은 그곳으로 달려갔습니다. 금덩이를 가질 수 있다는 생각에 제정신이 아니었습니다. 앞서 달려 나간 친구가 버드나무 숲을 단숨에 가로질렀습니다.

세상에! 흰 눈 위에는 금빛으로 빛나는 것이 놓여 있었습니다. 나무꾼은 재빠르게 다가가 몸을 숙이고 만져 보았습니다. 금실로 짠 망토였습니다. 망토는 신기한 별 모양이 여러 개 수놓인 천에 싸여 있었습니다.

나무꾼은 하늘에서 떨어진 보물을 발견했다며 큰 소리로 친

구를 불렀습니다.

두 나무꾼은 눈밭에 앉아 금 조각을 헤아리듯이 천을 한 겹한 겹 벗겼습니다. 그러나 망토 속에는 금도 은도 그 어떤 보물도 들어 있지 않았습니다.

그저 갓난아기가 잠들어 있을 뿐이었습니다.

"혹시나 했던 바람이 이렇듯 슬프게 사라지다니. 보물은커녕 우리에게는 아무 필요도 없는 갓난아기야. 너무 허무하군그래. 그냥 못 본 척하고 여기 그냥 두고 가세. 가난한 살림에 자식까지 여럿이라 늘 먹을 것 걱정을 하지 않나?"

"그렇다고 갓난아기를 눈 속에서 얼어 죽도록 내버려 두면, 우리는 큰 죄를 짓게 돼. 나도 자네만큼 가난하고 벌어 먹일 자식도 많아. 먹을 것이 부족한 형편이지만 내가 데리고 가겠네. 내 마누라가 돌보아 주겠지."

그러고는 차가운 바람이 스며들지 않게 아기를 감싸 안고 언덕길을 따라 조심스레 마을로 향했습니다. 친구 나무꾼은 그의 어리석은 행동을 못마땅해하면서도 한편으로는 한없이 따뜻한 마음씨에 놀랐습니다.

마을에 이르자 친구 나무꾼이 말했습니다.

"자네가 아기를 보살피겠다니, 그 천은 내게 주게. 우리가 함께 찾았으니 나누어 가지는 게 당연하지 않나?"

아기를 감싸 안은 나무꾼이 대답했습니다.

"아니야, 이 천은 내 것도 아니고 자네 것도 아니야. 이것은 이 아이의 것일 뿐이야."

그는 친구에게 잘 가라는 인사를 하고 집에 도착해 문을 두드렸습니다.

아내는 남편이 집으로 무사히 돌아온 기쁨에 입맞춤을 해 주었습니다. 그러고는 등에 짊어진 장작더미도 받아 놓았습니다. 장화에 묻은 눈도 털어 주며 들어오라고 했습니다.

"실은 숲속에서 뭘 하나 주워 왔소. 당신이 돌봐 줄 거라고 생각하오."

나무꾼은 그렇게 말하면서 현관문 밖에 그대로 서 있었습니다.

"그게 뭔지 어서 보여 주세요. 집에 없는 것이 하도 많아 필요한 게 한두 가지가 아니에요."

나무꾼은 망토를 들춘 다음, 잠들어 있는 갓난아기를 보여 주었습니다.

나무꾼의 아내는 화가 나서 말을 더듬었습니다.

"아, 아니, 세상에 기가 막혀! 우리 자식도 많아 걱정인데,

어떻게 난롯가를 비집고 앉힐 아이를 들일 생각을 해요? 우리
가 아이 하나를 더 키울 수 있다고 생각하세요? 또 저 아이가
우리 집안에 불행을 가져올 수도 있다는 생각은 안 해 보셨어
요? 당신 제정신이에요?"

"그렇진 않을 거요. 이 아이는 별 아기라오."

나무꾼은 아기를 발견하게 된 과정을 설명해 주었습니다. 그
래도 아내는 화를 누그러뜨리지 않았습니다. 오히려 소리 소
리를 지르며 비아냥거렸습니다.

"우리 아이들 먹일 빵도 부족한데 남의 자식까지 나누어 먹
이자고요? 누가 우리를 도와준답디까? 먹을 것을 책임질 사람
은 어디 있어요?"

"그럴 사람은 없소. 하지만 참새도 돌보시는 하느님이 계시
지 않소."

아내는 남편의 말을 맞받아쳤습니다.

"겨울에는 참새도 굶어 죽는다고요. 지금 겨울 아니에요?"

나무꾼은 아무 대답도 못 하고 현관 앞에서 꼼짝도 하지 않
고 서 있었습니다.

숲에서 불어온 매서운 바람이 열린 문을 통해 집 안으로 들
이쳤습니다. 나무꾼의 몸이 덜덜 떨렸습니다. 아내의 몸도 부

들부들 떨렸습니다.

"문 안 닫을 거예요? 집 안으로 매서운 바람이 들어오잖아요. 추워 죽겠어요."

"마음이 차가운 사람들이 사는 집에 찬바람이 부는 거야 당연하지 않소?"

나무꾼의 말에 그의 아내는 아무 대꾸도 할 수 없어서 슬며시 난로 쪽으로 걸어갔습니다. 그러고는 고개를 돌려 남편을 쳐다보았습니다. 그 눈에는 눈물이 가득했습니다.

이때를 놓칠세라 나무꾼이 재빨리 들어왔습니다. 나무꾼은 아내의 품에 아기를 안겨 주었습니다. 아내는 사랑스러운 눈길로 아기에게 입을 맞추고 막내가 누워 있는 작은 침대에 뉘었습니다.

이튿날, 나무꾼은 금빛 망토를 커다란 서랍장 속에 넣어 두었습니다. 아기의 목에 걸려 있던 호박 목걸이도 함께 넣었습니다.

별 아기는 나무꾼의 아이들과 함께 같은 식탁에서 같은 음식을 먹고 같이 놀면서 자랐습니다.

별 아기는 날이 갈수록 점점 아름다워졌습니다. 마을 사람들은 신기하게 생각했습니다. 나무꾼의 아이들은 모두 거무스레

한 살결에 검은 머리카락이었는데, 별 아기만 상아로 만든 조각처럼 희고 우아한 얼굴과 수선화 덩굴처럼 굽은 곱슬머리이기 때문이었습니다. 별 아기의 입술은 붉은 꽃잎 같고, 두 눈은 맑은 시냇가에서 자라는 제비꽃 빛깔을 띠었습니다. 마치 들판에 홀로 자라는 수선화 같았습니다.

그러나 이처럼 아름다운 별 아기의 성격은 생긴 모습과는 딴판이었습니다. 자라면서 점점 거만하고 잔인하며 자기밖에 모르는 성격으로 변했습니다.

별 아기는 나무꾼의 아이들은 물론, 마을에 사는 다른 아이들 모두를 업신여겼습니다. 자신은 별에서 내려온 귀한 사람이고, 다른 아이들은 형편없는 집안 출신이라며 아이들의 우두머리 노릇을 했습니다. 그리고 아이들을 몽땅 자신의 하인처럼 대했습니다.

가난한 사람을 불쌍히 여길 줄도 몰랐습니다. 눈이 멀거나 불구가 된 불쌍한 사람들을 가엾게 생각하지도 않았습니다. 오히려 그런 사람들에게 돌팔매질을 하며 윽박질러 큰길로 내쫓았습니다. 그 때문에 마을로 아무도 구걸하러 오지 않았습니다. 별 아기는 힘없고 불쌍한 사람들을 놀리고 무시하기 일쑤였습니다. 오직 자신밖에 사랑할 줄 몰랐습니다.

날씨 좋은 여름날에는 신부님의 과수원 우물가에서 잘생긴 자기 얼굴을 들여다보며 시간을 보냈습니다. 그러고는 자신의 아름다운 모습이 만족스러운 듯 얼굴 가득 웃음을 머금었습니다.

나무꾼과 그의 아내는 별 아기를 야단쳤습니다.

"우리는 널 이렇게 키우지 않았는데, 넌 어려움을 겪는 불쌍한 사람들에게 왜 그렇게 대하는지 모르겠구나. 불쌍히 여겨 도와주어야 할 사람들한테 어쩌면 그처럼 못되게 대할 수가 있어?"

나이 든 신부님도 가끔 별 아기를 불러 살아 있는 생물들을 사랑해야 한다고 타일렀습니다.

"파리도 너의 형제와 다름없다. 파리에게도 나쁜 짓을 하지 마라. 숲을 날아다니는 새에게도 자유가 있는 법이다. 그러니 재미로 새를 잡으면 안 된다. 지렁이나 두더지도 모두 하느님의 자식들이며, 살아가는 이유가 있단다. 들판에 있는 소도 하느님의 영광을 칭송하는데 어째서 하느님이 만드신 이 세상 사물에게 고통을 주느냐?"

그러나 별 아기는 이러한 이야기들을 귀담아듣지 않았습니다. 오히려 이맛살을 찌푸리며 비웃기까지 했습니다.

별 아기는 친구들을 몰고 다녔습니다. 아이들은 하나같이 별 아기를 따라다녔습니다.

별 아기는 아름다울 뿐 아니라 행동도 재빠르고 춤도 잘 추었습니다. 피리를 불며 노래를 만들기도 했습니다. 아이들은 별 아기가 가는 곳이라면 어디든 따라다녔습니다. 또 별 아기가 시키는 일이라면 무엇이든 했습니다. 아이들은 별 아기가 갈대 줄기로 두더지의 눈을 찔러도 웃었습니다.

한센병 환자에게 돌을 던져도 아이들은 깔깔대며 좋아했습니다. 별 아기는 아이들의 우두머리였습니다. 다른 아이들도 별 아기를 닮아 점점 차갑게 변했습니다.

어느 날, 한 여인이 마을을 지나가고 있었습니다. 다 찢어진 누더기 옷에, 먼 길을 걸어오느라 발에서는 피가 흘렀습니다. 오랫동안 고생을 한 모습이었습니다. 지치고 힘들어 보이는 여인은 밤나무 밑에 앉아 쉬고 있었습니다.

별 아기가 친구들에게 말했습니다.

"저기 좀 봐! 저기 저 더러운 거지가 초록 잎이 무성한 아름다운 밤나무 아래 앉아 있어. 자, 저 여자를 우리 동네에서 몰아내자. 저렇게 못생기고 지저분한 거지는 쫓아 버려야 해."

별 아기는 여자에게 다가서며 돌을 던졌습니다. 그러고는 놀려 댔습니다. 여인은 잔뜩 겁먹은 모습으로 별 아기를 쳐다보았습니다. 그러면서도 별 아기에게서 눈을 떼지 못했습니다. 가까운 숲에서 장작을 패던 나무꾼이 별 아기를 보고 달려와 호되게 야단을 쳤습니다.

"인정이라고는 손톱만큼도 없는 녀석. 이 불쌍한 아주머니가 대체 네게 무슨 잘못을 했다고 이렇게 못되게 구는 거야?"

별 아기는 화가 나서 얼굴을 붉히고 발까지 동동 구르며 대들었습니다.

"당신이 뭔데 나한테 이래라 저래라 하는 거예요? 착각하지 마세요. 나는 당신 자식이 아니니까 시키는 대로 하지 않을 거예요!"

"그래, 네 말이 맞다. 그러나 숲에 버려진 네게 우리는 인정을 베풀었어."

나무꾼의 말을 들은 여인은 외마디 비명을 지르더니 기절해 버리고 말았습니다. 나무꾼은 그 여인을 집으로 데려갔습니다. 나무꾼의 아내가 여인을 돌보아 주었습니다. 여인이 정신을 차리자 나무꾼 부부는 고기와 마실 것을 주었습니다. 마음 편하게 쉬라는 말도 건넸습니다.

여인은 아무것도 입에 대지 않고 나무꾼에게 물었습니다.

"그 아이를 숲에서 발견하셨다고 하셨지요? 10년 전에 있었던 일이 아닙니까?"

"맞습니다. 숲에서 갓난아기를 발견한 게 오늘로 딱 10년이 되었군요."

"아이에게 다른 표시는 없었나요? 혹시 호박 목걸이가 걸려 있지 않았나요? 혹시 별이 수놓인 금빛 망토에 싸여 있지 않았나요?"

"맞습니다. 말씀대로입니다."

나무꾼은 서랍장에 곱게 넣어 두었던 망토와 호박 목걸이를 보여 주었습니다.

여인은 눈물을 흘리며 기뻐했습니다.

"그 아이는 분명 제 아들입니다. 제발 부탁입니다. 빨리 그 아이를 불러 주세요. 전 그 아이를 찾아 온 세상을 헤매고 다녔습니다."

나무꾼과 그의 아내는 밖으로 나가 별 아기에게 말했습니다.

"집으로 들어가 보렴. 네 어머니가 오셨다. 너를 기다리고 계신단다."

그 소리를 듣기가 무섭게 별 아기는 안으로 달려갔습니다. 뜻밖이긴 했지만 반가운 마음에 가슴이 벅차올랐습니다. 그러나 안에서 기다리던 사람이 누구인지 보고는 어이가 없다는 듯 웃어 댔습니다.

"내 어머니가 어디 계신다는 거예요? 내 눈에는 더럽기 짝이 없는 이 거지밖에는 보이지 않는걸?"

여인이 대답했습니다.

"내가 네 어미란다."

별 아기가 큰 소리로 화를 냈습니다.

"뭐라고요? 그런 소리를 하다니, 당신은 미쳤군요. 난 당신의 아들이 아니에요. 당신은 거지잖아요. 못생기고 누더기 옷을 걸친 주제에. 어서 빨리 여기서 나가요. 다시는 그 더러운 꼴 보고 싶지 않아요."

여인은 울음을 터뜨리며 무릎을 꿇었습니다. 그러고는 별 아기에게 손을 내밀며 말했습니다.

"그렇지 않아. 넌 누가 뭐래도 내 아들이란다. 도둑들이 널 훔쳐 갔어. 그놈들이 너를 숲속에 내버린 거야."

여인은 더듬거리면서도 말을 계속 이었습니다.

"나, 난 한눈에 너를 알아보았어. 또 몇 가지 표지로 더 확실히 알 수 있어. 금빛 천으로 만든 망토와 호박 목걸이도 있잖아. 제발 이렇게 빌 테니 나와 함께 가자. 나는 너를 찾아 온

세상을 헤매고 다녔어. 자, 이 어미랑 함께 가자, 내 아들아. 내게는 네 사랑이 필요하단다."

별 아기는 꼼짝도 하지 않았습니다. 그러고는 마음의 문을 완전히 닫아 버렸습니다. 하염없이 흐느끼는 여인의 울음소리만 들릴 뿐이었습니다.

한참이 지난 뒤 별 아기가 차가운 목소리로 말했습니다.

"정말 아주머니가 내 어머니라면 내게 이런 창피를 주지 말고 멀리 떠나는 게 서로를 위해 좋지 않겠어요? 난 내가 별나라의 왕자라고 생각해요. 아주머니 말대로 거지의 아들이 아니라고요. 그러니 어서 가요. 두 번 다시 마주치고 싶지 않아요."

여인이 울부짖으며 사정했습니다.

"아들아, 내가 떠나기 전에 입맞춤이라도 해 주지 않으련? 너를 이처럼 어렵게 찾았는데……."

"싫어요. 당신의 그 끔찍한 얼굴을 쳐다보기조차 싫어요. 차라리 뱀이나 두꺼비에게 입을 맞추는 것이 훨씬 나아요."

별 아기는 매몰차게 대답했습니다.

그 말을 들은 여인은 서럽게 흐느끼면서 숲으로 걸어갔습니다. 그러자 별 아기는 비로소 안심하고 친구들을 만나러 달려 나갔습니다.

그런데 별 아기를 보자 아이들이 놀려 댔습니다.

"저, 저리 가! 넌 꼭 두꺼비처럼 징그럽게 생겼어. 뱀처럼 끔찍해. 저리 가. 저리 꺼지라고! 우린 너랑 놀고 싶지 않아."

아이들은 별 아기를 쫓아냈습니다.

별 아기는 얼굴을 씰룩이며 투덜거렸습니다.

"왜들 그러는 거야? 그게 무슨 소리야? 우물을 들여다봐야겠어. 아름다운 내 얼굴을 그대로 비추어 줄 테니까."

별 아기는 우물로 가서 얼굴을 비추어 보았습니다. 그런데 이게 웬일이에요?

별 아기의 얼굴은 두꺼비처럼 변해 있었고, 몸에는 뱀처럼 비늘이 돋아 있었습니다.

별 아기는 잔디밭에 엎드려 울었습니다.

"어머니를 못 본 체하고 쫓아 버렸으니, 틀림없이 벌을 받은 거야. 난 너무 거만하고 못되게 굴었어. 온 세상을 다 뒤져서라도 어머니를 찾아낼 거야. 어머니를 찾을 때까지는 아무것도 할 수가 없어."

그때 나무꾼의 어린 딸이 별 아기에게 다가왔습니다. 그 아이는 울먹이고 있는 별 아기의 어깨에 손을 얹으며 말했습니다.

"아름다움을 잃은 게 뭐 그리 큰일이라고 그래? 난 널 놀리지 않을 거야. 그러니까 함께 있어."

"아니야, 난 나를 낳아 주신 어머니에게까지 못되게 굴었어. 그 벌로 이렇게 흉하게 된 거야. 온 세상을 뒤져서라도 어머니를 찾을 거야. 어머니를 찾아 용서를 빌어야 해."

별 아기는 숲을 향해 달려가면서 어머니에게 돌아오라고 소리쳤습니다. 그러나 아무 대답도 들리지 않았습니다.

별 아기는 하루 종일 어머니를 찾아 헤매었습니다. 해가 져서 잠을 자려고 낙엽 위에 누우면 새와 짐승마저 그를 피해 달아났습니다. 짐승과 새들도 별 아기가 얼마나 못되게 굴었는지 잘 알고 있었습니다. 멀뚱하게 쳐다보는 두꺼비와 그 옆을 느릿느릿 기어 다니는 뱀 말고는 아무도 별 아기 곁에 오지 않았습니다.

아침이 되자 잠에서 깨어난 별 아기는 열매를 따 먹었습니다. 별 아기는 서럽게 울면서 숲속을 걸어갔습니다. 숲속 짐승들과 마주칠 때마다 어머니를 보았냐고 물었습니다.

두더지에게 물었습니다.

"너는 땅속에 들어갈 수 있지? 혹시 내 어머니가 그곳에 계시니?"

"너 때문에 눈이 멀었는데 내가 어떻게 앞을 봐?"

별 아기는 다시 방울새에게 물었습니다.

"넌 높은 나무 위로 날아다니며 세상을 다 볼 수 있지? 혹시 우리 어머니를 보지 못했니?"

"네가 내 날개를 부러뜨렸는데 어떻게 날 수 있겠어?"

무화과나무에서 홀로 외롭게 사는 작은 다람쥐에게도 물었습니다.

"우리 어머니가 어디에 계신지 좀 알려 주렴."

"넌 우리 엄마를 죽였어. 네 어머니도 찾아서 죽여 버리려고 그러는 거니?"

별 아기는 그만 울음을 터뜨렸습니다.

머리를 숙이고 하느님이 만드신 모든 것들에게 용서를 빌었습니다. 그러고는 어머니를 찾아 숲속을 계속 걸어갔습니다.

사흘째 되는 날, 별 아기는 숲속을 벗어나게 되었습니다. 별 아기는 들판을 따라 내려갔습니다. 마을 한가운데를 지나갈 때 아이들이 그를 놀려 대며 돌멩이를 던졌습니다. 농장 주인은 쌓아 놓은 옥수수에 곰팡이가 필지도 모른다며 외양간에서 하룻밤 자는 것도 허락하지 않았습니다.

스스로가 쳐다보기에도 너무나 흉측한 모습이었기 때문입니다. 일꾼들도 별 아기를 쫓아냈습니다. 별 아기에게 인정을 베푸는 사람은 아무도 없었습니다.

어머니를 찾아 나선 지 3년이 되었지만, 어머니에 대한 소식을 듣지 못했습니다. 어머니가 앞에서 걸어가고 있는 것 같아 소리쳐 부르며 달려가다 날카로운 돌부리에 넘어져 피를 흘린 적도 있었습니다. 하나같이, 비슷하게 생긴 사람은 본 적도 없다며 별 아기를 놀려 대기까지 했습니다.

별 아기는 온 세상을 헤매고 다녔지만, 어느 곳에 가든 단 한 번도 친절한 대접을 받지 못했습니다. 사람들은 남들을 무시하고 놀렸던 별 아기에게 앙갚음을 했습니다.

어느 날 저녁, 별 아기는 강가에 튼튼한 벽을 쌓아 세운 도시의 성문 앞에 도착했습니다. 피곤하고 발도 아팠지만 성안으로 들어가려고 했습니다.

성문을 지키는 병사들이 창으로 가로막으며 퉁명스럽게 말했습니다.

"여기에는 무슨 일로 왔느냐?"

"어머니를 찾고 있어요. 제발 들어가게 해 주세요. 어머니가 이곳에 계실지도 모릅니다."

병사들은 별 아기를 비웃었습니다.

그들 가운데 한 명이 방패를 내려놓고 검은 수염을 배배 꼬며 큰 소리로 말했습니다.

"솔직히 말해서 네 어머니가 너의 이런 모습을 보면 좋아하시겠니? 두꺼비보다 더 흉측하고 기어 다니는 뱀보다도 못한 것이……. 어서 꺼져, 네 어머니는 이곳에 없어!"

노란 깃발을 들고 있던 다른 병사가 별 아기에게 말했습니다.

"네 어머니가 대체 누군데?"

"어머니도 저처럼 거지입니다. 전 어머니에게 아주 못되게 굴었거든요. 어머니가 이곳에 계실지도 모르니까 제발 들어가게 해 주세요. 전 어머니께 용서를 빌어야 해요."

별 아기가 아무리 애원해도 병사들은 들여보내 주지 않았습니다. 창으로 찔러 대며 멀리 쫓아내려고 했습니다.

별 아기가 울면서 돌아서려고 할 때였습니다. 꽃이 새겨진 금박 갑옷을 입고, 날개 달린 사자가 웅크린 모양의 투구를 쓴 사람이 걸어오더니 병사에게 별 아기에 대해 물었습니다.

병사가 대답했습니다.

"거지예요. 어미도 거지랍니다. 그래서 쫓아내 버리려고요."

"쫓아내지 마. 저렇게 흉측하게 생긴 놈도 노예로 팔 수 있으니까. 저놈을 팔면 술 한잔 값은 받을 수 있을걸?"

마침 그곳을 지나던 험상궂게 생긴 노인이 소리쳤습니다.

"술 한잔 값이라면 제가 사지요."

노인은 돈을 치른 뒤 별 아기의 손을 잡고 성안으로 들어갔습니다.

몇 군데 길을 지나 두 사람은 석류나무로 덮여 있는 벽에 이르렀습니다. 벽에는 작은 문이 있었습니다. 노인이 반지를 그곳에 대자 문이 열렸습니다. 안으로 들어가 놋쇠로 된 다섯 개의 계단을 내려가자, 검은색 양귀비꽃이 피어 있고 흙을 구워 만든 초록색 항아리가 줄지어 있는 정원이 나왔습니다.

노인은 머리에 쓴 터번에서 무늬가 화려한 비단 수건을 꺼내 별 아기의 눈을 가렸습니다. 노인은 별 아기를 앞세우고 계속 걷다가 멈추더니 수건을 풀어 주었습니다. 그곳은 등잔불이 희미하게 비추고 있는 지하 감옥이었습니다.

노인은 나무 쟁반에 곰팡이가 핀 빵을 담아 주며 말했습니다.

"먹어!"

그리고는 시커먼 물도 컵에 따라 주었습니다.

"마셔!"

별 아기는 노인이 시키는 대로 빵을 먹고 물을 마셨습니다. 노인은 나가면서 쇠사슬로 문을 잠갔습니다.

그 노인은 리비아의 마법사였습니다. 마법사 가운데서도 가

장 못된 마법사로, 나일강가에 있는 무덤 속에서 살며 마법을 배웠습니다.

다음 날, 마법사는 별 아기에게 오더니 험상궂은 얼굴로 말했습니다.

"이 도시를 나가면 성문 가까운 곳에 숲이 있다. 그 숲속에는 금화 세 닢이 감추어져 있는데 하나는 하얀색이고, 하나는 노란색, 그리고 나머지 하나는 빨간색이지. 오늘은 하얀색 금화를 찾아오너라. 만일 찾아오지 못한다면 100대를 때릴 것이다. 자, 서둘러라. 해 질 무렵에 이 정원 문에서 기다리고 있겠다. 하얀색 금화를 꼭 가져와야 한다. 넌 나의 노예야. 내가 술한잔 값에 너를 샀다는 걸 잊지 마."

마법사는 별 아기의 눈을 비단 수건으로 가리고 양귀비꽃이 만발한 정원을 지나 다섯 계단을 올라갔습니다. 그러고는 반지로 문을 열고 별 아기를 거리로 내보냈습니다.

별 아기는 성문 밖으로 나와 마법사가 일러 준 숲으로 갔습니다. 멀리서 바라보면 그 숲은 노래하는 새와 향기로운 꽃들이 가득한 곳처럼 보였습니다.

별 아기는 가벼운 마음으로 숲에 들어섰습니다. 그러나 들어서 보니 생각과는 달랐습니다. 가는 곳마다 날카로운 찔레 가

시와 단단한 가시들이 땅에서 솟아올라 별 아기를 에워쌌습니다. 쐐기풀은 별 아기를 사정없이 찔러 댔습니다. 칼날처럼 날카로운 엉겅퀴 가시도 별 아기를 찔렀습니다.

온몸이 따끔거리며 아파 왔습니다. 별 아기는 아침부터 해가 저물 때까지 숲속을 헤맸지만 마법사가 말한 하얀색 금화는 어디에도 없었습니다.

해가 저물자 별 아기는 마법사에게 된통 혼나게 될 것이라는 생각이 들었습니다. 별 아기는 너무나 슬퍼서 눈물을 흘렸습니다.

숲을 벗어날 때쯤, 별 아기는 누군가 애타게 살려 달라고 외치는 소리를 들었습니다. 별 아기는 자신의 처지도 잊고 소리가 나는 곳으로 되돌아갔습니다. 작은 토끼 한 마리가 사냥꾼이 친 덫에 걸려 있었습니다. 별 아기는 가여운 생각이 들어 토끼를 풀어 주었습니다.

"나는 비록 노예지만 너에게 자유를 줄 수가 있구나."

"구해 주셔서 정말 감사합니다. 보답으로 무엇을 해 드리면 될까요?"

"난 하얀색 금화를 찾고 있단다. 그런데 아무리 찾아도 보이지가 않아. 그 금화를 가져가지 못하면 주인이 나를 사정없이 때릴 거야."

"따라오세요. 그 금화가 있는 곳을 알려 드릴게요. 그 금화가 어디에 숨겨져 있는지, 무슨 이유로 숨겨져 있는지 전 알고 있어요."

별 아기는 토끼를 따라갔습니다. 그랬더니, 글쎄 아주 커다란 떡갈나무의 벌어진 틈새에 애타게 찾고 있던 하얀색 금화가 있는 게 아니겠어요? 별 아기는 기뻐하며 금화를 주워 들었습니다.

별 아기가 토끼에게 말했습니다.

"너에게 베푼 작은 친절이 내게 수백 배로 되돌아왔어."

"아니에요, 저에게 베푸신 대로 해 드린 것뿐이에요."

토끼는 어느새 깡충깡충 뛰어가 버렸습니다.

별 아기는 마을을 향해 갔습니다. 성문 앞에는 한센병 환자가 앉아 있었습니다. 얼굴을 두건으로 가리고 있었지만, 낡은 두건 구멍으로 보이는 두 눈은 빨갛게 피어오른 석탄처럼 보였습니다. 한센병 환자는 별 아기를 보고 나무 그릇을 내밀며 종을 쳤습니다. 그러고는 별 아기를 불러 세웠습니다.

"한 푼만 주세요. 굶어 죽을 지경입니다. 성문 밖으로 쫓겨난 이 몸을 불쌍히 여기는 사람은 아무도 없습니다."

별 아기가 말했습니다.

"이를 어쩌나, 내게는 금화 한 닢밖에 없는데……. 만약 이 금화를 주인에게 갖다 주지 않으면 무지하게 혼이 나고 매를 맞을 거예요."

한센병 환자가 애걸하며 매달렸습니다. 별 아기는 결국 한센병 환자에게 하얀색 금화를 주고 말았습니다.

별 아기가 마법사의 집에 이르자, 마법사가 문을 열어 주었습니다.

"하얀색 금화를 가져왔겠지?"

"못 가져왔습니다."

마법사는 화를 내며 별 아기를 사정없이 때렸습니다. 마법사는 별 아기를 다시 지하 감옥에 가두었습니다.

다음 날, 마법사가 별 아기를 찾아왔습니다.

"오늘은 노란색 금화를 찾아와라. 만약 가져오지 못하면, 매를 300대 때릴 뿐만 아니라 영원히 노예로 삼을 것이다."

별 아기는 다시 숲으로 갔습니다. 하루 종일 노란색 금화를 찾았지만, 금화는 보이지 않았습니다. 해 질 무렵이 되자, 별 아기는 주저앉아 흐느껴 울기 시작했습니다. 그때 별 아기가 구해 주었던 작은 토끼가 다가왔습니다.

"왜 울고 계세요? 오늘도 숲에서 무언가를 찾고 있나요?"

"노란색 금화를 찾고 있어. 찾지 못하면 주인이 날 때리고 영원히 노예로 삼는대."

"따라오세요."

토끼는 숲을 가로질러 연못이 있는 곳으로 뛰어갔습니다. 연못 밑바닥에 노란색 금화가 떨어져 있었습니다.

별 아기가 기뻐하며 말했습니다.

"이 은혜를 어떻게 갚지? 벌써 두 번씩이나 나를 도와주었는데……."

토끼가 별 아기에게 말했습니다.

"아니에요, 제게 먼저 친절을 베푸셨잖아요."

토끼는 깡충깡충 뛰어가 어느새 사라져 버렸습니다.

노란색 금화를 얻은 별 아기는 마을로 향했습니다. 별 아기가 오는 것을 본 한센병 환자가 달려와 무릎을 꿇고 말했습니다.

"제발 한 푼만 보태 주십시오. 안 그러면 전 굶어 죽습니다."

"저도 주머니에 딱 한 닢밖에는 없어요. 만약 가져오지 못하면 주인이 300대를 때리고 영원히 노예로 삼는다고 했어요."

하지만 한센병 환자가 울며 매달리는 바람에 별 아기는 불쌍한 마음이 들었습니다. 하는 수 없이 노란색 금화를 건네고 말았습니다.

별 아기는 마법사의 집에 도착했습니다.

"노란색 금화를 가져왔느냐?"

"가져오지 못했어요."

마법사는 또 별 아기를 마구 때렸습니다. 그러고는 쇠사슬로 묶어 또다시 지하 감옥에 가두어 놓았습니다.

다음 날, 마법사가 별 아기에게 와서 말했습니다.

"오늘 빨간색 금화를 가져오면 널 풀어 주마. 하지만 가져오지 못한다면 넌 내 손에 목숨을 잃을 것이다."

별 아기는 숲으로 갔습니다. 하루 종일 빨간색 금화를 찾아 헤맸지만 발견하지 못했습니다.

저녁이 되자 땅에 주저앉아 울고 있는데, 작은 토끼가 다가왔습니다.

"빨간색 금화는 뒤에 있는 동굴 속에 있답니다. 그러니 이제 그만 우세요."

"이 은혜를 어떻게 갚지? 세 번이나 네 도움을 받다니……."

"아니에요, 제 목숨을 살려 주셨잖아요."

토끼는 어느 틈엔가 깡충깡충 뛰어서 가 버리고 없었습니다.

동굴 속으로 들어간 별 아기는 구석진 곳에서 빨간색 금화 한

닢을 찾았습니다. 얼른 주머니에 넣고 마법사의 집으로 향했습니다.

별 아기가 다가오는 것을 본 한센병 환자는 또 길 한가운데서 큰 소리로 별 아기에게 부탁했습니다.

"제게 빨간색 금화를 주십시오. 아니면 전 죽습니다."

별 아기는 그가 불쌍했습니다. 그래서 가지고 있던 빨간색 금화를 주었습니다.

"자, 이 금화를 가지세요. 저보다는 아저씨에게 금화가 더 필요한 것 같군요."

그러나 마음은 무겁기만 했습니다. 아주 끔찍한 일이 자신을 기다리고 있으리라는 것을 알고 있기 때문이었습니다. 그런데 별 아기가 성문에 들어서자, 문지기들이 꾸벅 절을 하며 공손히 말하는 게 아니겠어요?

"주인님은 정말 아름다우십니다!"

마을 사람들 한 무리가 따라오며 큰 소리로 외쳤습니다.

"세상에 저처럼 아름다운 분은 없을 거야."

별 아기는 눈물을 흘리며 중얼거렸습니다.

"사람들이 이제 날 놀리기까지 하는구나."

사람들이 너무 많이 모여드는 바람에 별 아기는 길을 잃고 말았습니다. 별 아기는 엉겁결에 광장 한가운데까지 갔습니다. 그 곳에는 임금님이 사는 궁전이 있었습니다. 그때 느닷없이 궁전 문이 열리더니 높은 관리들이 달려 나왔습니다. 그들은 모두 별 아기 앞에서 몸을 낮추고 말했습니다.

"어서 오십시오, 저희가 기다리고 있던 주인님이십니다. 저희 임금님의 아드님이십니다."

별 아기가 그들을 보며 말했습니다.

"전 왕자가 아닙니다. 그저 불쌍한 거지 여인의 아들일 뿐입 니다. 어째서 저를 보고 아름답다고 하십니까? 전 제가 얼마나 흉측하게 생겼는지 잘 알고 있습니다."

그때 금박 갑옷과 날개 달린 사자가 웅크리고 앉아 있는 모양 의 투구를 쓴 남자가 방패를 치켜들며 큰 소리로 외쳤습니다.

"주인님은 왜 자신이 아름답지 않다고 하십니까?"

별 아기는 방패에 비친 자신의 모습을 보았습니다. 놀랍게도 예전의 얼굴로 돌아와 있었습니다.

관리들이 무릎을 꿇고 말했습니다.

"오래전에 우리를 다스릴 분이 오실 거라는 예언이 있었습니 다. 그러니 어서 왕관을 받으시고 우리의 임금님이 되셔서 사랑 으로 다스려 주십시오."

"전 그럴 자격이 없는 사람입니다. 절 낳아 주신 어머니마저 저버린 사람입니다. 그분을 찾아 용서를 받는 날까지 온 세상을 돌아다녀야 합니다. 그러니 절 이대로 놔두십시오. 전 다시 숲을 뒤져 어머니를 찾아야 합니다. 왕관과 홀을 모두 주신다 해도 여기에 머무를 수 없습니다."

별 아기는 성문 쪽 길로 돌아섰습니다. 그런데 군인들이 빙 둘러 가로막고 있는 사람들 사이에 어머니인 거지 여인이, 그 옆에는 길가에 앉아 있던 한센병 환자가 서 있었습니다.

별 아기는 어머니를 부르며 달려갔습니다. 그러고는 무릎을 꿇고 어머니 발에 난 상처에 입을 맞추었습니다. 눈물이 상처를 적셨습니다. 별 아기는 머리를 조아린 채 가슴이 찢어지는 듯 흐느껴 울면서 말했습니다.

"어머니, 제가 너무 어리석게도 어머니를 못 본 체했습니다. 제발 저를 용서해 주세요. 비록 제가 어머니를 미움으로 대했지만 사랑으로 대해 주세요. 어머니, 어머니를 저버린 아들이지만 부디 받아 주세요."

거지 여인은 한마디도 하지 않았습니다. 별 아기는 손을 뻗어 한센병 환자의 하얀 발을 붙들고 애원했습니다.

"전 세 번이나 당신께 친절을 베풀었습니다. 부탁입니다. 제

어머니께 단 한마디만 말씀해 달라고 해 주세요."

한센병 환자 역시 아무 대답이 없었습니다. 별 아기는 다시 흐느껴 울며 말했습니다.

"어머니, 이제 더 이상 마음의 고통을 견딜 수 없습니다. 도 저히 용서하실 수 없다면 다시 숲으로 가겠습니다."

그러자 거지 여인이 별 아기의 머리에 가만히 손을 얹고 말 했습니다.

"일어나라!"

뒤이어 한센병 환자도 별 아기의 머리에 손을 얹고 똑같이 말했습니다.

"일어나라!"

별 아기는 일어나 그들을 바라보았습니다. 아아, 세상에! 그들은 바로 임금님과 왕비였습니다.

어머니가 말했습니다.

"별 아기야, 네가 친절을 베풀었던 분이 바로 너의 아버지 시다."

임금님이 말했습니다.

"네가 눈물로 발을 씻어 드린 분이 너의 어머니시다."

두 사람은 별 아기를 끌어안고 입을 맞추었습니다. 별 아기는 궁전에 들어가 아름다운 옷으로 갈아입었습니다. 임금님과 왕비는 별 아기에게 왕관을 씌워 주었습니다.

별 아기는 그 나라의 임금님이 되었습니다. 별 아기는 모든 이에게 사랑과 자비를 베풀었습니다. 그는 못된 마법사를 나라 밖으로 내쫓았습니다. 나무꾼과 그의 아내에게는 많은 선물을 보냈습니다. 그 부부의 아이들에게도 상을 주었습니다.

또 새와 짐승들에게도 못되게 굴지 않고, 자상하게 돌봐 주었습니다. 가난한 사람들에게는 빵을, 헐벗은 사람들에게는 옷을 주었습니다. 그 덕분에 온 나라가 평화로워졌고, 모두가 넉넉하고 행복하게 살았습니다.

훌륭한 로켓 폭죽

왕자님의 결혼식을 앞두고 온 나라가 축제 분위기로 들썩였습니다. 그러던 중 꼬박 일 년을 기다려 온 신부가 드디어 도착했습니다. 신붓감은 러시아 공주였는데, 여섯 마리의 순록이 끄는 썰매를 타고 핀란드로부터 그 먼 길을 달려왔습니다. 썰매는 커다란 황금색 백조 모양을 본떠 만들었는데, 백조의 두 날개 사이에 공주의 자리가 있었습니다. 공주는 하얀 담비 털로 만든 코트를 발 아래까지 늘어뜨리고, 은박 천으로 만든 모자를 썼습니다. 공주가 살던 눈의 궁전처럼 새하얀 얼굴을 보고 사람들은 하나같이 감탄했습니다.

"어쩌면 공주님은 흰 장미꽃 같으실까!"

사람들은 발코니에 서서 공주에게 꽃을 뿌리며 탄성을 쏟아 냈습니다.

왕자는 왕궁 문 앞에서 신부를 맞이하려고 기다렸습니다. 왕자의 보랏빛 두 눈은 꿈꾸는 듯했고, 황금색 머리카락은 가느다란 금실 같았습니다.

공주를 보자마자 왕자는 한쪽 무릎을 꿇고 손에 입을 맞추었습니다.

"초상화로 볼 때도 아름답더니, 실제로 보니 훨씬 아리따우시군요!"

왕자의 말을 들은 공주의 얼굴이 발갛게 물들었습니다.

"조금 전만 해도 흰 장미꽃 같더니 금세 붉은 장미꽃이 되셨어."

왕자 옆에 서 있던 한 시종의 말에, 모여 있던 사람들 모두가 꽃보다 더 환하게 웃었습니다.

왕궁 전체가 기쁨으로 들떴습니다. 사람들은 사흘 동안이나, 시종이 했던 말을 노래처럼 부르고 다녔습니다.

"하얀 장미, 빨간 장미, 하얀 장미, 빨간 장미……."

임금님은 그 말을 한 시종의 월급을 두 배로 올려 주라고 했습니다. 하지만 시종은 본래부터 월급을 받지 않았으므로 딱히 달라질 것은 없었습니다. 그렇지만 무척이나 영광스러운 일인 것만은 분명했습니다. 그 소식이 「왕궁신문」에까지 대문짝만 하게 났으니까요.

사흘 뒤, 결혼식이 열렸습니다. 그야말로 으리으리한 결혼식입니다. 신랑, 신부는 손을 잡은 채 작은 진주로 수놓은 보랏빛 벨벳 차양 아래로 걸어갔습니다. 결혼식 연회는 다섯 시간 동안이나 이어졌습니다.

대연회장의 가장 높은 곳에 자리 잡은 왕자와 공주가 맑고 투명한 수정잔으로 축배를 제의했습니다. 오직 진심으로 서로를 사랑하는 사람만이 그 잔으로 마실 수 있었습니다. 만일 거짓으로 사랑하는 사람의 입술이 닿으면 그 수정잔은 잿빛으로 뿌옇게 변하며 흐려지고 맙니다.

"여러분, 오늘의 신랑, 신부는 서로를 사랑하는 게 확실합니다. 저 수정잔처럼 변하지 않는, 맑고도 영롱한 사랑 말입니다."

그렇게, 예의 그 시종이 큰 소리로 외치자 임금님은 또다시 월급을 두 배로 올려 주라고 일렀습니다. 신하들 모두가 그를 부러워했습니다.

"정말로 대단한 영광이야!"

연회에 이어 무도회가 열렸습니다. 신랑과 신부는 장미춤을 추었고, 임금님은 플루트를 연주했습니다. 임금님의 플루트 실력은 형편없었지만, 그렇다고 그 사실을 대놓고 말하는 사람은 아무도 없었습니다. 사실 임금님이 할 줄 아는 연주는 오로지 두 곡뿐입니다. 더욱이 그중 어느 곡을 연주하고 있는지 임금님 스스로도 알지 못했지만, 그것은 전혀 문제될 것이 없었습니다. 실력과 상관없이 모두들 박수를 치면서 크게 칭찬을 했으니까요.

"참으로 감동스럽군요! 정말 훌륭한 연주입니다!"

결혼식의 마지막 순서는 밤 열두 시 정각에 펼쳐지는 화려한 불꽃놀이였습니다. 임금님은 폭죽 전문가에게, 무슨 일이 있더라도 반드시 결혼식에 참석하라는 분부를 내렸습니다.

신부는 태어나서 지금까지 한 번도 불꽃놀이를 본 적이 없었습니다. 이른 아침에 발코니를 산책하던 공주가 왕자에게 물었습니다.

"저……, 불꽃놀이가 뭔가요?"

공주의 질문에 임금님이 나섰습니다. 임금님은 다른 사람에게 한 질문에도 자신이 나서서 대답하기 일쑤였습니다.

"북극에서 만날 수 있는 오로라 같은 것인데, 그보다 훨씬 더 자연스럽지. 나는 하늘의 별보다도 불꽃놀이를 더 좋아하는 데, 별과 달리 폭죽은 언제 나타날 것인지 미리 알 수 있기 때문이야. 내 플루트 연주만큼 흥겨운데, 오늘 밤에 직접 봐야 무슨 말인지 비로소 알 수 있을 거야."

마침내 왕궁 정원 가장자리에 커다란 관람석이 마련되었습니다. 폭죽 전문가가 모든 준비를 끝마치자 폭죽들이 떠들어 대기 시작했습니다.

스퀴브 폭죽이 큰 소리로 입을 열었습니다.

"세상은 정말 아름다워! 저 노란 튤립을 좀 봐. 진짜 폭죽보다 더 멋지지 않니? 멀리까지 여행 오기를 참 잘했어. 여행은 우리를 한껏 성숙하게 해 줄 뿐만 아니라, 편견을 바로잡아 주거든."

커다란 로마 폭죽이 핀잔을 주었습니다.

"야, 이 꼬맹아! 임금님의 정원이 어떻게 세상의 전부냐? 세상은 무지하게 크고 넓어서, 다 돌아보려면 족히 사흘은 걸릴 텐데……."

"마음에 드는 곳이라면 어디든 세상의 전부라고 할 수 있어."

전나무 상자를 사랑했으나 실연당한, 그럼에도 불구하고 그 기억을 자랑스러워하는 회전 폭죽이 대꾸했습니다.

"하지만 사람들은 이제 더 이상 사랑 따위에는 관심을 갖지 않아. 오랜 세월, 시인들이 사랑이라는 낱말을 지나치게 많이 써 버린 탓에, 더 이상 사랑을 믿지 않게 되었으니 새삼스럽게 놀랄 일도 아니지, 뭐. 진실한 사랑은 고통스러우며 말이 필요 없는 거야. 돌이켜 보면 나 또한 그랬지만, 이제는 소용 없는 일이지. 어쨌든 사랑은 흘러간 과거일 뿐이야."

로마 폭죽이 반박하고 나섰습니다.

"말도 안 돼! 사랑은 하늘의 달처럼 영원한 거야. 오늘 아침, 나와 같은 서랍에 있던 갈색 종이 화약에게 요즈음의 왕궁 소식을 들었는데, 저 신랑과 신부는 서로를 무척이나 사랑하고 있대."

하지만 회전 폭죽이 도리머리를 하면서 중얼거렸습니다.

"아니야, 사랑은 죽었어. 사랑은 죽었어. 사랑은 벌써 죽었다고……."

회전 폭죽은 똑같은 말만 되풀이했는데, 동일한 말을 거듭하면 그와 같은 일이 실제로 이루어진다고 믿기 때문이었습니다.

그때 갑자기 날카롭고 마른기침 소리가 들려, 모두 주위를 둘러보았습니다. 그것은 기다란 막대 끝에 묶여 있는, 키가 크고 거만하게 생긴 로켓 폭죽이 내는 소리였습니다. 로켓 폭죽은 말머리를 꺼낼 때면 주위의 시선을 끌기 위해 기침을 하는 버릇이 있었습니다.

"에헴! 에헴!"

모두들 로켓 폭죽에게 귀를 기울였는데, 회전 폭죽만은 고개를 가로저으며 계속해서 "사랑은 죽었어!"라고 중얼거렸습니다.

그때 딱총 폭죽이 소리쳤습니다.

"조용! 조용!"

정치가 기질이 있는 딱총 폭죽은 지방 선거에서 눈부신 활약을 해 온 까닭에, 국회에서나 들을 수 있는 표현도 제법 잘 썼습니다.

"사랑은 정말 죽었다니까……."

회전 폭죽은 또다시 그렇게 옹알대더니 이내 잠이 들었습니다.

주위가 잠잠해지자 로켓 폭죽이 세 번째로 기침을 하더니 이야기를 시작했습니다. 로켓 폭죽은 마치 자신의 이야기를 받아 적으라는 듯 또박또박 말했습니다. 그는 언제나 대화하는 상대방의 어깨 너머를 바라보았는데, 제법 기품이 넘쳐 보였습니다.

"내가 발사되는 날 결혼식을 치른 왕자님은 참으로 행운아야. 결혼식 날짜를 미리 잡아 놓지 않았다면 모든 일을 이처럼 순조롭게 진행할 수 없었을 거야. 물론 왕자님은 항상 운이 좋은 법이지만……."

그러자 스퀴브 폭죽이 참견하고 나섰습니다.

"아니야, 나는 그 반대로 알고 있는걸. 왕자님 결혼을 축하하기 위해 우리를 쏘아 올리는 것 아냐?"

"너한테는 그렇겠지만, 나는 입장이 달라. 난 평범한 폭죽이 아니거든! 뼈대 있는 집안 출신의 폭죽이라고! 우아한 춤 솜씨로 이름을 날렸던, 최고급 화약으로 제조된 회전 폭죽이 바로 내 어머니야. 사람들 앞에 처음 모습을 드러내던 날, 무려 열아홉 바퀴나 돌았다지 뭐야. 게다가 한 바퀴 돌 때마다 분홍색 별을 일곱 개씩이나 공중에 뿌렸대. 그 지름이 일 미터도 넘었다니 대단하지 않니? 아버지는 나와 같은 로켓 폭죽으로, 프랑스 출신이야. 얼마나 높이 날아올랐던지, 사람들이 다시는 돌아오지 않을까 봐 걱정할 정도였다고! 하지만 아버지는 마음씨가 좋았던 까닭에, 하늘에서 내려올 때 황금빛 소나기처럼 화려하게 낙하를 했대. 아버지의 멋진 모습을 신문마다 크게 칭찬했어. 실제로 「왕궁신문」에서는 아버지를 '푹죽 기술의 승리'라고 불렀지."

그 말에 벵골 폭죽이 발끈하고 나섰습니다.

"폭죽이라고, 폭죽? 나도 폭죽이야! 내가 들어 있던 깡통 위에도 그렇게 씌어 있었거든!"

"그래, 푹죽이라고 했다!"

로켓 폭죽의 엄숙한 목소리에 벵골 폭죽은 기가 죽었지만, 작은 폭죽들에게 자신 또한 무시할 존재가 아니라는 것을 내세우려고 우쭐거렸습니다.

"내가 지금 무슨 얘기를 하고 있었지?"

로켓 폭죽의 물음에 로마 폭죽이 대답했습니다.

"네 가문에 대해 이야기하고 있었잖아."

"아 참, 그렇지! 무척 흥미로운 이야기를 하던 참인데, 버릇 없이 끼어든 폭죽이 있었어. 나는 무례하게 구는 것을 참 싫어해. 아마도 나만큼 예민한 폭죽은 드물 거야."

딱총 폭죽이 로마 폭죽에게 물었습니다.

"예민하다는 게 무슨 뜻이야?"

"예민하다는 건……, 다른 이의 발을 밟았으면서도 자기가 더 아프다고 호들갑을 떠는 것과 마찬가지야. 사실은 자신의 발에 박인 티눈이 눌린 탓에 그렇다는 것을 모르고 말이야."

로마 폭죽이 목소리를 낮춰 속삭이듯 대답하자, 딱총 폭죽은 웃음을 터뜨렸습니다.

"근데 너는 왜 갑자기 웃는 거야? 내가 웃기는 얘기를 한 것도 아닌데 말이야."

로켓 폭죽이 그렇게 묻자 딱총 폭죽은 얼른 둘러댔습니다.

"행복해서 웃은 거야."

로켓 폭죽이 화를 냈습니다.

"거참, 정말 이기적인 이유로군. 너에게, 행복해할 어떤 특권이라도 있는 거야? 다른 폭죽들의 입장도 좀 살펴봐야지. 너는 내 생각을 해야만 해. 나는 항상 나에 대해 생각하고 있거든. 그리고 모두가 다 그렇게 해 주길 바라지. 그게 인정이라는 아름다운 미덕인데, 나는 그런 마음씨를 갖고 있어. 이를테면 오늘 밤 내게 무슨 일이 생긴다면, 다른 이들에게 얼마나 불행한 일이겠니? 먼저 왕자님과 공주님이 행복하지 못할 거고, 결혼 생활은 엉망진창이 되고 말 거야. 그러면 임금님도 그 불행을 이겨 내지 못하겠지. 정말, 내가 얼마나 중요한지를 생각하면 감격스러워 눈물이 나올 지경이야."

"다른 이들에게 즐거움을 주고 싶다면 눈물을 보이지는 말아야지.”

로마 폭죽의 말에 벵골 폭죽이 맞장구를 쳤습니다.

“그래, 맞아. 그 정도는 상식이지.”

로켓 폭죽은 벌컥, 성을 냈습니다.

“상식이라고? 너희들은 내가 얼마나 뛰어나고 중요하다는 걸 잊어버린 모양이구나. 세상에, 누구나 상식을 가지고 있지. 하지만 그건 상상력이 없다는 것과 마찬가지야. 나는 상상력이 풍부해서 사물을 있는 그대로 보는 법이 없어. 언제나 모든 것을 아주 다른 각도에서 바라보지. 근데 눈물을 보이지 말아야 한다고? 여기에는 풍부한 감정에 대해 제대로 알고 있는 이가 아무도 없군그래. 그러거나 말거나 나는 전혀 신경 쓰지 않을 테지만……. 다만 일생을 통해, 남들이 나보다 못하다는 생각만은 늘 마음에 담고 살아야만 해. 나는 그 깨달음을 잊지 않으려 애를 쓰고 있어. 그런데 너희들은 아무도 그와 같은 마음가짐을 가지고 있지 않잖아. 너희는 도대체 왕자님과 공주님의 결혼이 뭐가 좋아서 그처럼 웃고 떠드는 거야?”

작은 풍선 폭죽이 소리쳤습니다.

“아니, 왜 안 된다는 거야? 오늘은 즐겁고 기쁜 날이잖아. 나는 하늘 높이 날아 올라가, 별들에게 죄다 이야기해 줄 거야. 내가 솟아오른 뒤에 별들이 유난히 반짝거리면, 예쁜 신부님 이야기를 듣고서 기쁨으로 빛나는 거라고 생각하면 돼!"

그러자 로켓 폭죽이 입을 열었습니다.

"아, 정말 가엾은 인생관이구나! 내 짐작대로 넌 속이 뻥 뚫린 채로 텅텅 비어 있는 게 분명해. 왕자님과 공주님은 어쩌면 깊은 강이 흐르는 곳으로 가서 살게 될지도 몰라. 거기서 왕자님을 닮아 보랏빛 눈에 금빛 머리카락을 가진 외동아들을 낳겠지. 어느 날 산책을 나갔던 아이는 보모가 커다란 딱총나무 아래에서 잠이 든 사이, 그만 깊은 강에 빠져 죽을지도 몰라. 그 얼마나 끔찍한 불행이람! 외동아들을 잃다니, 참으로 불쌍하잖아? 생각만으로도 소름이 끼치는 그 슬픔을 나는 죽어도 이겨 내지 못할 거야!"

로마 폭죽이 나섰습니다.

"그렇지만 외동아들을 실제로 잃은 게 아니잖아. 또 그처럼 불행한 일이 아직은 일어나지도 않았잖아."

"난 그런 일이 일어났다고 말하지 않았어. 그처럼 끔찍한 불행이 닥칠지도 모른다고 했을 뿐이지. 만약 외동아들을 잃어버렸다면 그에 대해 더 이상 이야기할 필요가 뭐 있겠어. 엎지른 물을 두고 안타까워하는 것과 마찬가지지. 하지만 외동아들을 잃을 수도 있다고 생각하니 마음이 어찌나 아픈지 몰라."

로켓 폭죽의 말에 벵골 폭죽이 소리쳤습니다.

"그럴 테지. 너는 틀림없이, 가장 충격을 받은 척하겠지."

"너처럼 무례한 경우는 난생처음 본다. 넌, 왕자님과 나의 우정을 결코 이해하지 못할 거야."

로켓 폭죽이 발끈하자, 이에 질세라 로마 폭죽이 투덜거렸습니다.

"아니, 너는 왕자님과 아는 사이도 아니잖아!"

"왕자님과 아는 사이라고 말한 적 없거든. 설혹 안면이 있다 해도 친구가 되고 싶은 생각은 눈곱만큼도 없어. 누군가와 친해진다는 것은 매우 위험한 일이니까 말이야."

풍선 폭죽이 끼어들었습니다.

"제발 눈물이나 보이지 마! 지금은 그게 중요한 거야."

"물론 지금 네게는 그게 중요하겠지. 하지만 나는 울고 싶을 때면 울어."

로켓 폭죽은 정말 울음을 터뜨렸습니다. 눈물은 로켓 폭죽이 매달린 막대기를 타고 빗물처럼 흘러내렸습니다. 그 눈물 줄기는 하마터면, 물기 없이 보송한 곳을 찾아 보금자리를 마련하려던 딱정벌레 두 마리를 빠져 죽게 만들 뻔했습니다.

"쟤는 정말 감상적인가 봐. 울 일이 전혀 없는데도 저리 울어 대는 걸 보면 말이야."

회전 폭죽이 그렇게 말하며 한숨을 내쉬더니, 오래전에 사랑했던 전나무 상자 생각에 빠져들었습니다.

화가 난 로마 폭죽과 벵골 폭죽이 목소리를 한껏 높여 외쳤습니다.

"로켓 폭죽은 허풍선이라네! 허풍선이, 허풍선이!"

두 폭죽은 매우 합리적인 성격이라서 뭔가 못마땅한 것과 맞설 때면 항상 입을 모아 '허풍선이'라고 소리치곤 했습니다.

마침내 은빛 방패 같은 달이 떠올랐고, 별들도 반짝반짝 빛나기 시작했습니다. 왕궁에서 음악 소리가 울려 퍼졌습니다.

왕자와 공주가 무도회를 이끌었습니다. 그 모습이 어찌나 아름답던지, 키 큰 백합들이 창문 너머로 들여다보았고, 붉은 양귀비꽃은 고개를 끄덕이며 박자를 맞추었습니다.

열 시……, 열한 시……, 그리고 열두 시를 알리는 종소리가 들리자 모두들 발코니로 나왔습니다.

"지금부터 불꽃놀이를 시작하시오!"

임금님이 명령하자, 폭죽 전문가는 고개를 깊이 숙여 절을 하고는 정원의 한구석으로 걸어갔습니다. 여섯 명의 조수가

긴 장대에 불을 붙여 들고 그 뒤를 따랐습니다. 그야말로 장관이었습니다.

하늘 높이 솟아오른 회전 폭죽이 '휘휫! 휘휫!' 소리를 내면서 빙글빙글 돌았습니다. '붕! 부웅!' 로마 폭죽이 힘차게 쏘아 올려졌습니다. 스퀴브 폭죽들이 여기저기서 춤을 추듯 날아다녔습니다. 벵골 폭죽이 터지자 사방이 온통 주황빛으로 물들었습니다.

"안녕!"

풍선 폭죽이 작별 인사를 건네고, 하늘로 휙 올라가 푸른 불꽃을 피웠습니다. '따악! 따닥!' 딱총 폭죽이 터졌습니다. 모두들 신이 난 모양이었습니다.

잘난 척하던 로켓 폭죽만을 빼놓고, 불꽃놀이는 대단한 성공을 거두었습니다. 로켓 폭죽은 눈물을 너무 흘린 나머지 발사되지 못했던 것입니다. 로켓 폭죽 안에는 아주 성능 좋은 화약이 들어 있었지만, 눈물에 젖는 바람에 쓸모가 없게 되어 버렸습니다. 로켓 폭죽이 비웃었던 다른 폭죽들은, 심지어 자신이 말도 걸지 않았던 작은 폭죽까지도 모두 뛰어올라 밤하늘을 황금빛으로 수놓고 꽃을 피웠습니다.

"만세! 만세! 만세!"

왕궁에 있던 사람들은 하나같이 환호성을 올렸습니다. 환하게 웃는 어린 공주의 얼굴이 폭죽 불꽃보다 더 아름답게 빛났습니다.

불꽃놀이가 모두 끝나자, 로켓 폭죽은 어느 때보다도 더 거만하게 말했습니다.

"보다 더 중요한 행사에 쓰기 위해 날 남겨 두었나 봐. 분명히 그럴 거야."

다음 날, 뒷설거지를 하려고 온 일꾼들을 본 로켓 폭죽이 중얼거렸습니다.

"이들은 틀림없이 왕궁에서 파견한 사람들이야. 한껏 위엄 있는 모습을 보여 줘야지."

로켓 폭죽은 코를 하늘 높이 치켜든 채, 무언가 대단히 중요한 문제에 대해 생각하고 있는 것처럼 짐짓 얼굴을 찌푸렸습니다. 하지만 로켓 폭죽에 눈길을 주는 이는 아무도 없었습니다. 그러다가 우연히 일꾼 한 사람의 눈에 띄었습니다.

"이런, 불량 로켓 폭죽이잖아!"

그러고는 담 너머 도랑으로 로켓 폭죽을 던져 버렸습니다.

"불량 로켓 폭죽? 불량 로켓 폭죽이라고……? 그럴 리가 없어! 훌륭한 로켓 폭죽, 바로 그 말이었을 거야. 불량과 훌륭은 비슷하게 들리잖아!"

이렇게 중얼거리면서 빙글빙글 공중을 돌던 로켓 폭죽은 진흙 도랑으로 떨어졌습니다.

"이런, 그다지 편한 데가 아니잖아. 아냐, 요즘 유행한다는 온천일 거야. 내게 기력을 되찾으라고 이리로 보낸 모양이군. 딴은 요즈음 내 신경이 쇠약해져서 얼마간 쉬고 싶었어."

그때 초록색 얼룩무늬 코트를 입고 눈이 보석처럼 반짝거리는 조그만 개구리 한 마리가 헤엄쳐 왔습니다.

"어라, 여기 새 친구가 왔네! 진흙탕만큼 좋은 곳이 또 어디 있어? 근데 비가 내려서 더 질척거려야 좋을 텐데……. 어때, 오늘 오후에 비가 내리겠니? 하지만 하늘이 저렇게 파랗고 구름 한 점 없으니 글렀지, 뭐!"

로켓 폭죽이 마른기침을 했습니다.

"에헴! 에헴!"

개구리가 그 소리를 듣고 말했습니다.

"너, 목소리가 참 좋구나! 어쩜 나하고 그리 비슷하니! 개골거리는 소리야말로 세상에서 가장 아름다운 음악이지. 너, 오늘 밤 우리 합창단 노랫소리를 들으러 오렴. 농부네 집 근처, 오래된 오리 연못에 앉아 달이 떠오르면 노래를 시작하지. 얼마나 황홀하면 모두들 자다 말고 일어나서 우리들의 합창에 귀를 기울이겠니? 농부의 아내가 어머니에게, 우리 때문에 한숨도 못 잤다고 말하더라니까! 인기 있다는 게 얼마나 짜릿하고 유쾌한지 넌 모를걸."

"에헴! 에헴!"

단 한마디도 끼어들 틈을 주지 않은 탓에 부아가 치민 로켓 폭죽이 또다시 기침을 했습니다. 그래도 개구리는 아랑곳하지 않고 줄곧 혼자 지껄였습니다.

"정말로 넌 목소리가 좋구나. 이따가 그 오리 연못으로 꼭 오렴. 이제 나는 딸들을 데리러 가야 해. 참, 난 딸만 여섯이지. 하나같이 예쁘게 생겼는데 강꼬치고기를 만났을까 봐 걱정이야. 그놈은 우리 딸들을 보면 순식간에 잡아먹으려고 덤빌 만큼 괴물이지. 자, 그럼 이따가 봐. 너와 함께 대화를 나눠서 참 즐거웠어."

"뭐, 대화를 나눴다고? 나 원 참, 너 혼자 떠들었잖아. 그게 대화라고?"

로켓 폭죽의 말에도, 개구리는 태연한 얼굴이었습니다.

"대화를 하다 보면 누군가는 들어 줘야 하잖아. 게다가 난 혼자 말하는 게 더 좋아. 그러면 시간도 절약되고 말씨름할 일도 생기지 않으니까 말이야.”

“난 말씨름을 좋아하거든!”

로켓 폭죽이 발끈하자, 개구리가 타이르듯 말했습니다.

“난 말씨름을 싫어해. 상스럽고 천해 보이잖아. 고상한 사람들은 늘 같은 생각을 하게 마련이거든. 자, 그럼 안녕. 이따가 꼭 오렴. 옳거니, 우리 딸들이 저쪽에 있군!”

그러고는 헤엄쳐 가 버렸습니다.

로켓 폭죽은 혼자서 웅얼거렸습니다.

“참 짜증 나는 개구리로군! 게다가 본데없이 자란 게 분명해. 남의 말은 듣지 않고 자기 말만 쏟아 놓는 건 정말 싫어. 그걸 바로 이기주의라고 하는데, 딱 질색이야. 인정 많기로 소문난 내게 배우면서 본받아야지. 이보다 더 훌륭한 본보기는 없을 테니까 말이야. 난 이제 곧 왕궁으로 돌아갈 텐데, 지금 맞은 흔치 않은 기회에 날 본받는 게 좋을 걸? 왕실에서 날 얼마나 좋아하는 줄 모를 거야. 사실 어제, 왕자님과 공주님의 결혼식도 내 명예를 걸고 올렸거든. 하긴 시골뜨기 주제에 뭐 하나 제대로 알겠어?”

커다란 갈색 갈대 위에 앉은 잠자리가 한마디 했습니다.

“그렇게 자꾸 말하면 뭐 해? 개구리는 벌써 저만치 가 버려서 들리지도 않을 텐데."

"어차피 걔가 손해지, 나야 손해 볼 것 없지, 뭐. 듣거나 말거나 상관없어. 나는 나 혼자서 중얼거리는 것도 좋아하거든. 내가 얼마나 똑똑한지, 어떤 때는 내가 말해 놓고도 무슨 말을 했는지 도통 이해하지 못할 때가 있긴 하지만…….'

"철학 강의를 하는 모양이지?"

잠자리는 그 말을 남긴 채, 얇고 사랑스러운 망사 날개를 팔랑이며 하늘 높이날아가 버렸습니다.

"좀 더 여기 있으면 좋으련만, 어리석은 친구로군! 정신적으로 성숙할, 이처럼 좋은 기회가 그리 흔치 않을 텐데 말이야. 하긴 내가 신경 쓸 일이 아니지. 나 같은 천재라면 언젠가 반드시 인정받게 될 테니까."

그렇게 말하는 동안 로켓 폭죽은 진흙 속으로 조금씩 잠겨들고 있었습니다.

잠시 후에 커다랗고 하얀 오리가 로켓 폭죽에게로 헤엄쳐 왔습니다. 노란색 다리에는 물갈퀴가 달렸는데, 되똥거리는 모습이 무척 인상적이었습니다.

오리가 물었습니다.

"꽥, 꽥, 꽥, 참말 희한하게 생겼네! 넌, 날 때부터 그렇게 생긴 거야, 아니면 무슨 사고를 당한 거야?"

"넌 평생 촌구석을 벗어난 적이 없는 모양이로구나. 그렇지 않고서야 날 모를 리가 없을 테니까 말이야. 하지만 너의 무식함을 용서해 줄게. 모든 이들이 다 나처럼 뛰어날 수는 없는 법이니까……. 내가 하늘 높이 솟아올랐다가 황금빛 소낙비를 뿌리며 내려온다는 사실을 알면 뒤로 자빠지고 말걸."

"그게 뭐 대순가? 황소처럼 밭을 간다거나, 말처럼 마차를 끈다거나, 개처럼 양을 지킨다면 또 모를까."

로켓 폭죽은 아주 거만한 목소리로 소리쳤습니다.

"원, 세상에! 너는 하층민인가 보구나. 나와 같은 신분을 두고는 그와 같은 유용성을 따지는 법이 없단다. 적어도 나는 지금 네가 들먹인 그런 일들을 위해 땀을 흘릴 생각이 없거든! 그런 노동은 아무것도 할 일 없는 치들이나 자신들이 하는 일에 대해 둘러대는 거룩한 핑계에 지나지 않는 것이거든!"

태평스러운 성격의 오리는 말다툼을 좋아하지 않았습니다.

"글쎄, 저마다 취향이 다른 법이니까 거기에 무슨 말을 보탤 생각은 없어. 어쨌든 별다른 어려움 없이 네가 이곳에 보금자리를 마련하면 좋겠어."

로켓 폭죽이 버럭 소리를 질렀습니다.

"아, 아니야! 나는 아주 특별한 방문객이야. 게다가 이곳은 따분하기 짝이 없구나. 사교 모임도 없고, 그렇다고 한적하게 지낼 수 있는 것도 아닌 깡촌일 뿐이야. 나는 곧 왕궁으로 돌아가 세상이 깜짝 놀랄 만한 일을 해낼 거라고!"

그러자 오리가 차분하게 말했습니다.

"나도 한때는 공직 생활을 했어. 그런데 바로잡아야 할 것들이 너무나 많더라고. 실제로 우리가 싫어하는 것들을 금지하는 법률을 통과시키기도 했어. 그런데도 나아지는 것이 별로 없더라고. 그래 돌아와, 지금은 집안일을 하면서 가족을 돌보고 있지."

"공직이야말로 내 적성에 딱 맞는 거야. 그 지위가 높건 낮건 내가 아는 사람들은 모두 공직에 몸담고 있어. 우리가 나타나면 다들 우러러보지. 나는 아직 여러 사람 앞에 나서 보지 못했지만, 나타났다 하면 어마어마한 구경거리가 될걸! 참, 집안일에 열중하다 보면 빨리 늙게 마련이고, 무엇보다 좀 더 가치 있는 일에서 멀어지고 말 거야."

"맞아, 보다 가치 있는 일……, 그 말이 내게 배고픔을 일깨워 주는군!"

그러더니 오리는 꽥꽥거리며 시냇물을 따라 헤엄쳐 가 버렸습니다.

"돌아와, 돌아와! 너에게 들려줄 얘기가 아직도 참 많거든!"

로켓 폭죽이 큰 소리로 불렀지만 오리는 들은 체도 하지 않았습니다.

"쳇, 가 버리고 나니 속이 시원하군. 정말이지 쟤는 중산층 스러운 생각을 갖고 있을 따름이야."

로켓 폭죽은 진흙 속으로 점점 더 깊이 빠져 들어가고 있었습니다. 그런 줄도 모르고 로켓 폭죽은 천재들의 외로움에 대해 생각했습니다. 그때 갑자기 흰옷을 입은 사내아이 둘이 주전자와 나뭇단을 들고 강둑에서 뛰어 내려왔습니다.

"드디어 왕궁에서 파견한 사람들이 오는군."

로켓 폭죽은 아주 근엄하게 보이려고 애를 썼습니다.

"이것 좀 봐! 고물 폭죽이야. 근데 이게 왜 여기에 있지? 참 이상도 하네."

그러면서 한 아이가 로켓 폭죽을 집어 들었습니다.

"고물 폭죽이라고? 아니야, 귀한 폭죽이라고 한 걸 내가 잘 못 들었을 거야. 귀한 폭죽, 은근히 기분이 좋은걸! 귀한 것은 누구나 다 알아보는 법이지."

다른 아이가 말했습니다.

"이걸 불 피우는 데 써 보자. 주전자 물을 끓이는 데 도움이 될 거야."

아이들은 나뭇단 위에 로켓 폭죽을 놓고 불을 지폈습니다.

"마침내 장엄한 순간이 왔어! 애들이 나를 이처럼 밝은 대낮에 쏘아 올려 모든 사람이 우러러보게 하려나 보다!"

로켓 폭죽이 외쳤습니다.

"이제 한숨 자자. 한잠 자고 나면 주전자 물이 끓겠지."

아이들은 잔디에 누워 눈을 감았습니다.

로켓 폭죽은 축축하게 젖어 있어서 불이 붙는 데 제법 시간이 걸렸습니다.

마침내 불이 옮겨 붙자, 로켓 폭죽은 몸을 꼿꼿하게 세우며 큰 소리로 외쳤습니다.

"나는 별보다도 더 높이, 달보다도 훨씬 더 높이, 태양보다도 더 높이 올라갈 거야. 정말 아주아주 높이……."

'슉! 슈욱! 쓰욱!' 소리와 함께 로켓 폭죽은 공중으로 높이 치솟았습니다.

"우아, 신난다! 이대로 쭈욱, 높이 더 높이, 난 영원히 올라갈 거야. 정말 대성공이야!"

그러나 로켓 폭죽을 쳐다보는 사람은 아무도 없었습니다. 그

때 이상하게도 로켓 폭죽의 온몸이 따끔거리기 시작했습니다.

"이제 터지려나 보다. 그럼 온 세상이 환하게 불을 놓을 거야. 어마어마하게 큰 소리를 내서 사람들이 일 년 내내 내 이야기만 하도록 할 거야."

'빠방, 빵, 빵!' 마침내 로켓 폭죽이 폭발했습니다. 하지만 로켓 폭죽이 폭발하는 소리는 아무도 듣지 못했습니다. 퍽 곤하게 잠들어 있어서, 나뭇단 위에 폭죽을 올렸던 아이들조차도 듣지 못했습니다.

폭발한 로켓 폭죽이 남긴 막대기는 도랑 옆을 산책하던 거위 등으로 떨어졌습니다.

"이런 세상에! 막대기 비가 쏟아지는가 보다!"

깜짝 놀란 거위가 헐레벌떡 물속으로 뛰어들었습니다.

"끝내……, 세상이 깜짝 놀랄 만한 일을……, 내가……, 이룩해 낼 줄 알았다고……."

숨을 헐떡이던 로켓 폭죽은 마침내 꺼져 버렸습니다. ✳

세계명작 시리즈와 함께 논리·논술 Level Up!

● 이해 능력 Level Up!

1. 「행복한 왕자」의 일부분입니다. 아래 글을 읽고, 행복한 왕자상에 대한 설명 중 바르지 않은 것을 고르세요.

> 도시가 한눈에 내려다보이는 언덕이 있었습니다. 언덕에는 원기둥이 우뚝 솟아 있었고, 그 위에 '행복한 왕자상'이 서 있습니다. 왕자상의 온몸에는 얇게 금을 입혔고, 두 눈은 사파이어로 만들어졌습니다. 그의 칼자루에는 눈부시게 빛나는 커다란 붉은색 루비가 박혀 있습니다.

1) 온몸이 얇은 금으로 덮여 있다.
2) 도시가 한눈에 보이는 언덕의 원기둥 위에 서 있다.
3) 두 눈은 사파이어로 빛나고 있다.
4) 칼자루에는 붉은색 루비가 박혀 있다.
5) 어깨 위에 제비가 앉아 있다.

2. 제비에 대한 설명으로 바르지 않은 것은 무엇인가요?

1) 제비는 갈대를 무척 좋아했다.
2) 제비는 친구들보다 먼저 이집트로 가는 중이었다.
3) 제비는 행복한 왕자의 심부름을 했다.
4) 제비는 죽을 때까지 왕자와 함께 있었다.

5) 제비는 마음씨가 착했다.

3. 제비는 왜 행복한 왕자의 곁을 떠나지 않겠다고 결심했을까요?

  1) 아무것도 볼 수 없게 된 왕자를 지켜 주려고

  2) 내년에 떠나도 되는 까닭에

  3) 나누어 줄 보석이 아직 남아 있어서

  4) 왕자 곁에는 먹을 것이 많아서

  5) 성냥팔이 소녀의 아버지를 만나려고

4. 아래 글을 읽고, 천사가 하느님에게 가져간 두 가지 물건이 무엇
   이었는지 고르세요.

> "도시에서 가장 소중한 것 두 가지를 가져오너라."
> 천사는 하느님께 납으로 된 심장과 죽은 제비를
> 갖다 드렸습니다.
> 하느님께서 말씀하셨습니다.
> "그대는 올바른 선택을 했도다. 이 작은 새는
> 천국의 동산에서 영원히 노래하게 하고, 행복한
> 왕자는 황금의 도시에서 날 찬양하게 할 것이다."

  1) 납으로 된 심장과 루비

  2) 사파이어와 루비

  3) 죽은 제비와 사파이어

  4) 납으로 된 심장과 죽은 제비

  5) 죽은 제비와 용광로

5. 「자기밖에 모르던 거인」에서, 아이들이 거인의 정원에서 놀 수 없게 된 까닭은 무엇이었나요?

1) 정원에 꽃이 많이 피어 있어서
2) 길에서도 놀 수 있으니까
3) 거인이 친구 집에서 돌아와서
4) 학교에서 늦게 돌아와서
5) 부모님이 공부를 하라고 해서

※ 아래 글을 읽고, 질문에 답하세요.(6~7)

거인이 창문을 열고 정원을 내다보며 말했습니다.

"봄이 왜 이리 늦게 오는 건지 도대체 모르겠는걸. 이놈의 날씨는 왜 이 모양인지, 원."

그러나 거인의 정원에는 끝내 봄이 오지 않았고, 여름도 오지 않았습니다. 가을은 다른 모든 정원에는 황금빛 과일을 선물해 주었지만 거인의 정원에는 아무것도 주지 않았습니다.

가을이 말했습니다.

"이 집에 사는 거인은 자기밖에 모르는 사람이야."

그래서 거인의 정원은 항상 겨울이었습니다. 신이 난 북풍과 우박, 서리, 눈만이 나무들 사이로 활개를 치며 춤을 추었습니다.

6. 아이들이 정원에서 놀지 못하게 되자, 거인의 정원은 어떻게 되었나요?

   1) 꽃이 피었다.

   2) 새가 찾아왔다.

   3) 봄이 찾아왔다.

   4) 겨울이 계속되었다.

   5) 음악 소리가 울렸다.

7. 아이들이 없는 거인의 정원을 차지한 것은 무엇들이었나요?

   1) 봄, 꽃, 벌, 나비

   2) 북풍, 우박, 서리, 눈

   3) 여름, 햇빛, 음악, 춤

   4) 가을, 과일, 벌레, 꽃

   5) 새, 꽃, 음악, 춤

8. 거인은 왜 정원의 담을 허물었을까요?

   1) 아이들이 편하게 들어와 뛰어놀게 하려고

   2) 북풍이 자유롭게 드나들도록

   3) 사람들에게 자랑하려고

   4) 꽃향기가 멀리까지 퍼지라고

   5) 새들이 담장에 부딪힐까 봐

9. 「나이팅게일과 장미」에서, 학생에게 장미를 받은 소녀가 어떻게

행동했는지, 아래 글을 읽고 고르세요.

정원으로 달려 나간 학생은 허리를 굽혀 장미꽃을 꺾었습니다. 그러고는 모자를 쓰고, 손에 장미를 든 채 기쁨에 넘쳐 교수님 댁으로 달려갔습니다.

교수님의 딸은 입구에 앉아, 푸른 명주실을 실패에 감고 있었습니다. 그 발밑에는 강아지가 잠자고 있었습니다.

"그대가 그러셨지요? 빨간 장미를 가져오면 나와 춤을 추겠다고. 여기 세상에서 가장 멋진 빨간 장미가 있습니다. 오늘 밤 그대 가슴에 이 꽃을 꽂으세요. 또 우리가 함께 춤출 때, 장미꽃이 그대에게 말할 겁니다. 얼마나 내가 그대를 사랑하고 있는지를요."

학생의 말을 들은 소녀는 얼굴을 찌푸렸습니다.

"그 꽃 색깔은 내 옷에 어울리지 않아요. 게다가 학장님의 조카께서 내게 보석을 선물했어요. 보석이 꽃보다 훨씬 값지다는 것쯤은 누구나 알고 있잖아요?"

1) 얼굴을 찌푸린 채, 꽃 색깔이 자신의 옷과 어울리지 않으며 학장님의 조카가 보석을 보내왔다고 말했다.
2) 아주 기뻐하며 학생에게 무도회에 함께 가자고 했다.
3) 자기도 학생에게 선물을 하겠다고 했다.
4) 아무런 말도 하지 않았다.
5) 화를 내며 소리를 질렀다.

10. 「믿음직한 친구」에서, 방앗간 주인 휴와 그의 가족에 대한 설명으로 맞는 것을 고르세요.

1) 우정의 뜻을 자신에게만 유리하게 생각하고 행동했다.

2) 한스에게 선물을 받으면 휴도 선물을 주었다.

3) 마음씨 착한 아들을 칭찬했다.

4) 휴는 한스를 이용했지만, 그의 아내는 한스에게 친절했다.

5) 겨울 내내, 친구 한스가 걱정이 되어 자주 찾아갔다.

11. 아래 글을 읽고, 한스가 겨울을 나기 위해 판 물건이 아닌 것을
    고르세요.

"손수레를 찾아온다고? 아니, 자네 손수레를 팔아 버렸단 말인가? 바보스럽게 말이야!"

한스가 대답했습니다.

"팔 수밖에 없었어요. 잘 아시겠지만 겨울은 내게 가장 좋지 않은 계절이니까요. 정말이지 빵을 살 돈조차 없었습니다. 그래서 처음에는 외출복에 달린 은 단추를 떼어 팔았고, 그다음에는 은으로 만든 시곗줄을 팔았습니다. 그 뒤에는 큰 파이프를 팔았고, 나중에는 손수레까지 팔아 버렸습니다. 이제 그것을 전부 다시 사들일 생각입니다."

1) 은단추   2) 은 시곗줄   3) 큰 파이프
4) 손수레   5) 꽃

12. 「별 아기」에서, 나무꾼은 별 아기의 망토와 목걸이를 어떻게 했나요? 아래 글을 읽고, 고르세요.

이튿날, 나무꾼은 금빛 망토를 커다란 서랍장 속에 넣어 두었습니다. 아기의 목에 걸려 있던 호박 목걸이도 함께 넣었습니다.

별 아기는 나무꾼의 아이들과 함께 같은 식탁에서 같은 음식을 먹고 같이 놀면서 자랐습니다.

1) 아기를 데려가지 않은 나무꾼과 나누어 가졌다.

2) 아기를 데려가지 않은 나무꾼이 두 가지 모두 가져갔다.

3) 둘 다 아이의 것이므로 서랍장 속에 넣어 두었다.

4) 나무꾼의 아내가 음식과 바꾸어 왔다.

5) 장사꾼에게 비싸게 팔았다.

13. 「별 아기」에서, 아내는 별 아기를 데리고 온 남편에게 왜 화를 냈을까요?

1) 나무를 많이 해 오지 않아서

2) 날씨가 너무 추워서

3) 너무 늦게 돌아와서

4) 도와주는 사람이 없어서

5) 가난한 데다 자식들까지 많아 형편이 어려운데도 버려진 아이를 데려와서

● 논리 능력 Level Up!

1. 「행복한 왕자」에서, 행복한 왕자는 살아 있을 때, 왜 눈물과 슬픔
을 모르고 살았을까요?

2. 제비는 왜 이집트로 가려고 했을까요?

3. 제비가 친구들과 함께 이집트로 가지 못한 까닭은 무엇일까요?
아래 글을 읽고, 그 이유를 찾아 써 보세요.

> 어느 날 밤, 작은 제비 한 마리가 날아가고 있었습니다. 다른 친구들
> 은 벌써 6주 전에 따뜻한 나라 이집트를 향해 날아갔는데, 이 제비는
> 아름다운 갈대에 홀려 노느라 뒤처지게 된 것입니다.
> 제비는 이른 봄에 큰 노란 나방을 좇아 강을 따라 날아 내려가다가
> 그 갈대를 만났습니다. 제비는 갈대의 날씬한 모습에 반해서 말을 걸었
> 습니다.

4. 「자기밖에 모르던 거인」에서, 아이들이 무엇을 보고 거인의 마음이 바뀐 것을 알게 되었나요?

5. 이 이야기 속에서 꼬마 소년을 예수라고 볼 수 있는 내용은 무엇인가요?

6. 아래 글은 「자기밖에 모르던 거인」의 일부분입니다. 거인은 어떻게 하늘나라 정원에 갈 수 있었나요?

> "할아버지는 나를 아름다운 정원에서 놀게 해 주었지요. 오늘 나는 할아버지를 나의 정원으로 모시려고 합니다. 나의 정원은 하늘나라랍니다."
>
> 그날 오후, 아이들은 하얀 꽃들이 만발한 나무 아래 잠들어 있는 거인을 보았습니다.

7. 「나이팅게일과 장미」에서, 젊은 학생이 빨간색 장미를 갖고 싶어
   했던 까닭은 무엇이었나요? 아래 글을 읽고, 그 이유를 찾아 써
   보세요.

> 젊은 학생이 또 혼잣말로 중얼거렸습니다.
>
> "내일 밤 왕자님이 무도회를 연다고 하셨어. 내 귀여운 소녀도 그 무
> 도회에 가겠지. 빨간 장미만 가져다주면, 그 소녀와 밤새 춤을 출 수 있
> 어. 빨간 장미만 있으면, 그 소녀를 품에 안을 수도 있어. 그 소녀는 내
> 어깨에 머리를 기댈 테고, 나는 소녀의 손을 꼭 쥘 수 있을 거야. 그렇
> 지만 우리 집 정원에는 빨간 장미가 없단 말이야. 결국 나는 혼자 앉아
> 있게 될 것이고, 그 소녀는 내 옆을 지나쳐 가 버릴 거야. 나를 쳐다보
> 지도 않겠지. 아, 가슴이 터져 버릴 것만 같아."

8. 「믿음직한 친구」에서, 휴의 막내아들은 왜 한스를 초대하면 안 되
   겠느냐고 물었을까요?

9. 「별 아이」에서, 별 아이가 토끼의 도움으로 찾은 금화를 마법사에
   게 갖다 주지 못한 까닭을 써 보세요.

● 논리 능력 Level Up!

1. 다음 글을 읽고, 겨울이 되었지만 왕자의 곁을 떠나지 못하고 끝내 목숨을 잃은 제비의 행동에서 느낀 바를 적어 보세요. 또 내가 만약 제비였다면 어떻게 했을지도 나타내 보세요.

> 작고 귀여운 제비는 추위를 견디기 힘들었지만 사랑하는 왕자를 남겨 두고 떠날 수는 없었습니다. 제비는 빵 가게 밖에서 주인이 보지 않을 때 빵 부스러기를 쪼아 먹기도 하고, 몸을 따뜻하게 하려고 날개를 퍼덕거려 보기도 했습니다. 그러나 제비는 자기가 곧 죽게 되리라는 걸 짐작하고 있었습니다. 마침내 제비는 겨우 왕자의 어깨 위로 날아오를 수 있는 힘밖에 남지 않았습니다.

2. 「믿음직한 친구」에서, 한스의 성격은 어떤지 생각해 보고, 나와
   견주어 가며 써 보세요.

3. 「믿음직한 친구」에서, 휴의 행동에 대해 어떻게 생각하는지, 또
   진정한 우정이란 어떤 것인지 자신의 마음을 써 보세요.

4. 아래 글은, 「별 아기」의 주인공이 어머니를 찾아 용서를 구하는 대목입니다. 이후 별 아기는 자신의 잘못을 뉘우치고 모든 이에게 사랑과 자비를 베푸는 임금님이 되었습니다. 별 아기에게 하고 싶은 말을 편지글로 나타내 보세요.

"어머니, 제가 너무 어리석게도 어머니를 못 본 체했습니다. 제발 저를 용서해 주세요. 비록 제가 어머니를 미움으로 대했지만 사랑으로 대해 주세요. 어머니, 어머니를 저버린 아들이지만 부디 받아 주세요."

풀이

이해 능력 Level Up!

1. 5) 2. 2) 3. 1) 4. 4) 5. 3)
6. 4) 7. 2) 8. 1) 9. 1) 10. 1)
11. 5) 12. 3) 13. 5)

논리 능력 Level Up!

1. 궁전 안에서의 생활은 행복했으며, 궁전 밖의 세상은 전혀 알지 못했으므로

2. 제비는 철새이므로 겨울을 따뜻한 곳에서 지내야 하는 까닭에 남쪽 나라 이집트로 가려고 했습니다.

3. 아름다운 갈대에게 반해서 그 곁에 머무르느라고

4. 거인이 키 작은 아이를 정원 나뭇가지 위에 올려 주는 모습을 보고

5. 아이의 양쪽 손바닥과 발에 각각 나 있는 못 자국. 또한 그것이 사랑의 상처라는 말과 자신의 정원이 하늘나라라는 대답

6. 아이들을 자신의 정원에서 놀 수 있게 해 주어서

7. 좋아하는 소녀가 빨간 장미를 가져오면 함께 춤을 추겠다고 말해서

8. 겨울나기에 어려움을 겪고 있을 한스 아저씨를 돕고 싶어서

9. 가엾은 한센병 환자가 금화를 달라고 애원했으므로

논술 능력 Level Up!

1. 예시 : 철새인 제비는 겨울이면 따뜻한 곳에서 지내야 합니다. 그럼에도 불구하고 따뜻한 이집트로 가지 않고, 모든 것을 불쌍한 사람에게 나눠 주는 왕자 곁에 머무르면서 착한 일을 했습니다. 그런 모습을 보고, 어려운 이웃을 생각하는 마음이 얼마나 훌륭하고 아름다운지를 깨우쳤습니다. 불쌍하게도 제비는 목숨을 잃었지만 분명히 행복했을 것이라고 생각합니다. 만일 내가 제비였다면 한 번쯤은 왕자를 도와주었겠지만, 추운 게 싫어서 얼른 이집트로 날아갔을 것입니다. 그러고는 곧 왕자와 함께하며 있었던 일들을 잊어버렸겠지요.

2. 예시 : 나는 한스를, 친구의 생각이 무조건 옳다고 받아들이는 줏대 없는 사람이라고 생각합니다. 자신이 아무리 바빠도 다른 사람의 청을 거절하지 못해 쩔쩔매는 모습은 안타깝기 짝이 없습니다. 돈을 마련하거나 자신이 써야 할 것을 빼앗기기만 하고 받지는 못하는 것도 마찬가지입니다. 착하게 사는 것은 바람직한 일이지만, 자신만의 생각을 가지지 못해 항상 남에게 끌려 다니기만 하는 한스의 삶을 옳다고 말하기는 어렵습니다. 내 성격도 한스와 얼마간 닮았습니다. 다른 사람의 부탁을 거절하지 못해 손해를 보고 나서야 후회한 적이 종종 있습니다. 착한 일을 하는 것은 지극히 당연하고 가치 있는 일이지만, 다른 사람이 이용할

정도로 어리숙해서는 안 된다는 생각을 갖게 되었습니다. 앞으로 는 곤란한 부탁은 거절할 줄 아는 사람이 되도록 노력해야겠다고 마음먹었습니다.

3. 예시 : 휴는 '친구'를 내세워 한스를 부려 먹고 자신의 이익만을 챙긴 사람입니다. 자신에게 필요할 때만 한스를 찾고, 친구가 혹 어려운 일을 겪고 있지나 않은지 살펴볼 생각은 전혀 하지 않았 습니다. 게다가 자기 때문에 한스가 목숨을 잃었는데도, 반성하 기는커녕 자신이 가장 친한 친구였다고 내세우며 그로 인해 손해 를 봤다고 말합니다. 이런 행동은 정말 치사하고 자신밖에 모르 는 이기적인 태도입니다. 사람은 절대 혼자서는 살아갈 수 없으 므로 서로를 돕고 배려하며 살아야 합니다. 또 진정한 우정이란, 자신보다 친구를 먼저 생각하고 어려운 일이 생겼을 때 가장 먼 저 나서서 기꺼이 도와주는 것이라고 생각합니다.

4. 예시 : 별 아기야, 안녕! 나는 처음, 네가 약한 사람들을 괴롭히 고 동물들에게 못되게 구는 것을 보고 무척 안타깝고 밉기까지 했어. 그 때문에 네가 무척 나쁜 아이라고 생각했지. 벌을 받아 얼굴이 흉측해졌을 때는 깨소금처럼 고소하기도 했지. 그런데 네 가 잘못을 깨닫고 어머니께 용서를 빌기 위해 이곳저곳을 헤매는 것을 보고는, 그렇게까지 나쁜 아이는 아니라고 마음을 바꾸었단 다. 그리고 빨리 어머니를 만나 용서를 받았으면 좋겠다고 기도 했어.

마법사를 만나 어려움을 당할 때는 마법사를 혼내 주고 싶었어. 마법사에게 혼날 줄을 뻔히 알면서도 한센병 환자에게 금화를 건넸을 때는 네가 정말 대견하면서도 가여웠어. 마지막에 어머니를 만나서 행복하게 지내게 되어 너무 기뻤어. 그리고 잘못을 뉘우치는 것은 무척 대단한 일이라는 생각을 했단다. 나도 너처럼 잘못을 고치려고 노력하는 사람이 될게.

초등학생이 꼭 읽어야 할 세계 명작 시리즈

01 어린 왕자 생텍쥐페리 글·그림
02 키다리 아저씨 진 웹스터 지음
03 문제아에서 천재가 된 딥스 액슬린 지음
04 그리스 로마 신화 토머스 불핀치 지음
05 셰익스피어 4대 비극 셰익스피어 지음
06 셰익스피어 5대 희극 셰익스피어 지음
07 탈무드 송년식 엮음
08 노인과 바다 헤밍웨이 지음
09 서머힐 A.S. 니일 지음
10 이상한 나라의 앨리스 루이스 캐럴 지음
11 데미안 헤르만 헤세 지음
12 파브르 곤충기 파브르 지음
13 돈키호테 세르반테스 지음
14 엄마 찾아 삼만 리 아미치스 지음
15 80일간의 세계 일주 쥘 베른 지음
16 수레바퀴 아래서 헤르만 헤세 지음
17 소공녀 프랜시스 호즈슨 버넷 지음
18 빨간 머리 앤 루시 모드 몽고메리 지음
19 톰 아저씨의 오두막집 해리엇 비처 스토 지음
20 백경 허먼 멜빌 지음
21 부활 톨스토이 지음
22 카라마조프가의 형제들 도스토옙스키 지음
23 마지막 잎새 오 헨리 지음
24 보물섬 로버트 스티븐슨 지음
25 정글북 루디아드 키플링 지음
26 제인 에어 샬럿 브론테 지음
27 장발장 빅토르 위고 지음
28 비밀의 화원 프랜시스 호즈슨 버넷 지음
29 15소년 표류기 쥘 베른 지음

30 안네의 일기 안네 프랑크 지음
31 마지막 수업 알퐁스 도데 지음
32 노트르담의 꼽추 빅토르 위고 지음
33 홍당무 쥘 르나르 지음
34 죄와 벌 도스토옙스키 지음
35 사랑의 학교 E. 데 아미치스 지음
36 주홍 글씨 너대니얼 호손 지음
37 동물 농장 조지 오웰 지음
38 여자의 일생 모파상 지음
39 시턴 동물기 어니스트 시턴 지음
40 폭풍의 언덕 에밀리 브론테 지음
41 걸리버 여행기 조너선 스위프트 지음
42 젊은 베르테르의 슬픔 괴테 지음
43 몽테크리스토 백작 알렉상드르 뒤마 지음
44 좁은 문 앙드레 지드 지음
45 전쟁과 평화 톨스토이 지음
46 사람은 무엇으로 사는가 톨스토이 지음
47 해저 2만 리 쥘 베른 지음
48 로빈슨 크루소 대니얼 디포 지음
49 올리버 트위스트 찰스 디킨스 지음
50 허클베리 핀의 모험 마크 트웨인 지음
51 플루타르크 영웅전 플루타르크 지음
52 베니스의 상인 셰익스피어 지음
53 작은 아씨들 루이자 메이 올컷 지음
54 삼총사 알렉상드르 뒤마 지음
55 소공자 프랜시스 호즈슨 버넷 지음
56 집 없는 아이 엑토르 말로 지음
57 지킬 박사와 하이드 씨 로버트 루이스 스티븐슨 지음
58 오페라의 유령 가스통 르루 지음

59 천로역정 존 버니언 지음
60 폼페이 최후의 날 에드워드 조지 불워 리턴 지음
61 피노키오 카를로 콜로디 지음
62 플랜더스의 개 위다 지음
63 로빈 후드의 모험 하워드 파일 지음
64 안데르센 동화 안데르센 지음
65 서유기 오승은 지음
66 바보 이반 톨스토이 지음
67 행복한 왕자 오스카 와일드 지음
68 하이디 요한나 슈피리 지음
69 호두까기 인형 E.T.A 호프만 지음
70 크리스마스 캐럴 찰스 디킨스 지음
71 왕자와 거지 마크 트웨인 지음
72 오이디푸스왕 소포클레스 지음
73 안나 카레니나 톨스토이 지음
74 오만과 편견 제인 오스틴 지음
75 체호프 단편선 체호프 지음
76 피터 팬 제임스 매튜 배리 지음
아버지와 아들 투르게네프 지음
적과 흑 스탕달 지음
테스 토마스 하디 지음
프랑켄슈타인 메리 셸리 지음
위대한 유산 찰스 디킨스 지음
댈러웨이 부인 버지니아 울프 지음
도련님 나쓰메 소세키 지음
보바리 부인 플로베르 지음
플로스강의 물방앗간 조지 엘리엇 지음
캔터베리 이야기 제프리 초서 지음